HEYNE BÜCHER

GIOVANNI ARPINO

DER DUFT DER FRAUEN

Roman

Aus dem Italienischen
von Ulrike Bossert und Matthias Rawert

Deutsche Erstausgabe

WILHELM HEYNE VERLAG
MÜNCHEN

HEYNE ALLGEMEINE REIHE
Nr. 01/8497

Titel der Originalausgabe
IL BUIO E IL MIELE

Redaktion: Rainer-Michael Rahn

Printed in Germany 1993
Umschlag- und Innenillustration: UIP Filmverleih, Frankfurt
Umschlaggestaltung: Atelier Ingrid Schütz, München
Gesamtherstellung: Elsnerdruck, Berlin

ISBN: 3-453-06950-1

Für Raffaele Mattioli

Was ich euch schulde, kann ich zum Teil
mit Worten vergüten…

»... denn unsere Aufgabe ist es, diese vorläufige, hinfällige Erde uns so tief, so leidend und leidenschaftlich einzuprägen, daß ihr Wesen in uns »unsichtbar« wieder aufersteht. Wir sind die Bienen des Unsichtbaren. Inständig sammeln wir den Honig des Sichtbaren, um ihn anzuhäufen in der großen, goldenen Wabe des Unsichtbaren.«

Aus einem Brief Rilkes aus dem Jahre 1925 an Witold Hulewicz

»Vielleicht ist jede andere Rettung, die nicht von dort kommt, wo *die* Gefahr ist, noch im Unheil.«

Martin Heidegger, aus dem Aufsatz »Wozu Dichter« aus dem Jahre 1946 anläßlich des 20. Todestages von Rainer Maria Rilke

1

Eine große, goldfarbene Schmeißfliege brummte am Fenster des Treppenhauses auf und ab, die Wände rochen nach frischer Farbe. Mit einer plötzlichen Kehrtwendung sauste die Fliege glücklich durch die Luft, entdeckte den Spalt zwischen den halbgeschlossenen Fenstern und verschwand. Ich lehnte mich hinaus, um die Zigarettenkippe hinunterzuwerfen. Der Hof unten, ein schmaler Streifen Beton in der späten Augustsonne, war verlassen. Im Hintergrund verlor sich das verbrauchte Grün der Hügel jenseits des Flusses in einem trüben Himmel. Bevor ich läutete, überprüfte ich mit den Händen das exakt an der Stirn ausgerichtete Schiffchen sowie den Knoten und den richtigen Sitz der Krawatte.

Die Tür wurde sofort geöffnet, als ob die Frau schon länger dort gelauert hätte.

Sie war ein altes Weiblein mit unglaublich rosigen Wangen, schmächtig, gekleidet in Weiß und Grau. Sie lächelte, wobei sie mit all ihren reizenden Falten zwinkerte, und machte ein Zeichen, daß ich eintreten solle. Hinter ihr das Dunkel eines langen Korridors. Sogleich betraten wir die Küche, in der bereits zwei Stühle vom Tisch abgerückt standen.

»Sie sind ganz pünktlich. So etwas gefällt mir«, seufzte sie ohne dieses Lächeln abzustellen. Sie nickte, als wollte sie sich selbst zustimmen, die Hände ineinander verschränkt.

Ich nannte ihr meinen Namen und balancierte das Schiffchen vorsichtig auf einem Knie.

»Aber eigentlich sind Sie ja noch ein halber Junge, gütiger Himmel«, sagte sie betrübt und schloß die Lippen. Ich fühlte, wie ich rot wurde. »Wer weiß, ob ein Junge wie Sie die Geduld haben wird, die diese Aufgabe erfordert...«

Sie verharrte erwartungsvoll, der Atem verhalten, die Lippen über den künstlichen Zähnen leicht geöffnet.

Also sagte ich ihr, daß mir in der Kaserne mein Vorgesetzter jede Einzelheit erklärt habe.

Das Lächeln verschwand, sie nickte ein weiteres Mal und strich mit den schmalen Fingern der linken Hand über den Rücken der rechten. Ihre wunderschönen Hände waren durchsichtig wie Seidenpapier. Sie paßten zu ihr, zu der tadellosen Einrichtung und den zwei Blumen in der Vase auf dem Tisch.

»Student, was? Einzelkind?«

Ich erzählte ihr ein wenig über meinen Vater, der Angestellter war, über meine Mutter und meine kleine Schwester. Während ich nach geeigneten Worten suchte, traten diese drei vertrauten Gesichter aus ihrem gewohnten Nebel, um gleich darauf wieder sanft darin zu verschwinden. Ich sagte ihr, wie alt ich sei, zwanzig, und nannte ihr die Fakultät, an der ich eingeschrieben war, Wirtschaft und Handel.

Die Stimme, die aus meinem Mund kam, schien mir fremd.

Ihr Seufzen, das ich zur Antwort erhielt, klang keineswegs erleichtert.

»Von den Jugendlichen heutzutage verstehe ich nichts«, sagte sie schließlich ausweichend. »Und auch ihn, ihn da hinten, mit all seinem Unglück, auch ihn verstehe ich nicht. Es wird an meinem Alter liegen. Und überhaupt: Ist es denn nützlich, irgend etwas zu verstehen? Bemitleiden, das allemal.«

Wie von der Tarantel gestochen stand sie erneut lächelnd vor mir. Kurze, blitzschnelle Zuckungen liefen über ihr Gesicht. »Es ist noch kalter Kaffee da, möchten Sie? Gut. Oder vielleicht eine Orange? Sagen Sie bloß nicht, daß Sie nichts wollen.«

Sie drehte sich rasch um. Ich dachte: ein Eichhörnchen. Gleich darauf hatte ich ein Glas mit Kaffee zwischen den Händen.

»Kann ich rauchen?«

Sie lachte leise: »Bitte. Auch er – eine Zigarette nach der anderen. Ihr Männer.«

Sie begleitete dieses ›Er‹ mit einem kurzen Fingerzeig hinter ihren Rücken, als wollte sie auf das hinter dem Dunkel des Korridors verborgene Wesen deuten.

Mit verschränkten Händen bereitete sie sich auf eine letzte Bemerkung vor: »Aber alles in allem machen Sie den Anschein eines guten Burschen, ja, ja.«

Wir sahen uns noch einen Augenblick an. Ich war mir ganz sicher, daß ich von mir aus keine einzige Frage stellen würde.

»Ich bin die Tante«, entschloß sie sich zu reden und senkte die Stimme. »Er sagt, ich sei lediglich eine Cousine, aber in Wirklichkeit bin ich eine Tante und mehr als das. Denn wer, wenn nicht ich, hat bis zuletzt für seine arme Mutter gesorgt? Zum Glück ist sie dahingegangen, bevor sie das Schlimmste erleiden mußte. Keiner kann sich vorstellen, wie schwer das alles war, was dann folgte. Bis zum Tage seines Unglücks kannte ich ihn kaum. Er war immer auf Reisen um die ganze Welt. Internate, Hochschulen, Kasernen. Aber von da an mußte ich mich um ihn kümmern, so verlangte es Gottes Fügung. Neun Jahre ist das schon her, wissen Sie?«

Ich trank den Kaffee aus und behielt das leere Glas in der Hand, das immer noch kalt war.

»Neun Jahre«, wiederholte sie in einem Singsang. Ihre Stimme wurde immer dünner. »Heute gibt es keine Probleme mehr, aber am Anfang. Oh, an den Anfang will ich gar nicht mehr denken. Ein junger Kerl wie er verliert das Augenlicht und eine Hand. Und nur, weil Gott der Herr will, daß niemand auf dieser Welt zufrieden ist. Beim Manöver hat er mit einer Bombe gespielt. Ich sage ›gespielt‹, denn was sind die Manöver heutzutage anderes als Spiele? Geben Sie mir das Glas.«

»Mein Kommandant hat es mir erzählt«, sagte ich.

Um Haltung zu bewahren, starrte ich auf die Bodenfliesen. Je vier bildeten ein blaues Muster, eine Art fantastische Blume auf weißem Grund. Durch die durchsichtigen Vorhänge schien das Licht auf diese strahlenförmig angeordneten Blumen und hob ihre Zartheit hervor.

»Ein Mann wie er«, fuhr sie langsam fort und legte nach und nach ihr ganzes Gesicht in Falten. »Ja, genug Geld ist auch da. Bei ihm, nicht bei mir. Mit dieser schäbigen Witwenrente, die ich bekomme... Aber er: reich. Noch nicht einmal vierzig Jahre alt. Gesund wie ein Löwe. Und allein auf der Welt.«

Sorgfältig drückte ich den Zigarettenstummel auf dem Unterteller aus, den sie mir als Aschenbecher gegeben hatte.

»Ich rate Ihnen, in diesen Tagen gut auf ihn aufzupassen«, fügte sie hinzu. »Man darf ihn nie alleine lassen. Das wissen Sie doch, nicht wahr? Und Geduld müssen Sie haben, mein Sohn, sehr viel Geduld. Widersprechen Sie ihm nicht, diskutieren Sie um Gottes willen nicht mit ihm, geben Sie ihm immer recht, egal, ob er gescheit redet oder dummes Zeug von sich gibt. Der einzige Ausweg ist, ihm immer mit ›Ja‹ zu antworten. Mit ›si Signore‹. Verstanden?«

»Gewiß, Signora.«

»Ciccio, der Soldat, der jetzt im Krankenhaus ist, hat ihn bislang begleitet. Ein Kalabrier, ein Dickkopf, aber gutmütig und manchmal auch recht pfiffig. Er hatte sofort verstanden, daß er nur mit ›si Signore‹ antworten durfte. Und nun auch Ciccio: Da fängt er sich ausgerechnet in diesen Tagen am Vorabend der Reise eine Typhuserkrankung ein. Schönes Pech, finden Sie nicht auch?«

»Auch in unserer Kaserne hat es drei Fälle von Typhus

gegeben«, erwiderte ich, bemerkte aber augenblicklich ihr Desinteresse.

Die wäßrigen Augen blickten in meine Richtung, sahen aber durch mich hindurch, als suchten sie irgendein Bild hinter mir.

Als sie ein wenig Stimme wiedererlangt hatte, getraute sie sich zu sagen: »›Schlecht‹ ist ein großes Wort, und ich möchte ihn wirklich nicht als schlecht bezeichnen. Aber er ist aus einem ganz eigenen Stoff gemacht und hat nichts mit uns gemein. Das liegt wohl an dem großen Leid, das er erduldet hat. Ein bißchen war er schon so vor dem Unglück. Gott weiß, wie sehr seine Mutter gelitten hat, als sie ihn aufzog. Und dann diese Schmerzen. Aber das bleibt unter uns, nicht wahr, mein Sohn?«

»Danke, Signora.«

Sie betrachtete mich weiterhin mit einem zärtlichen Blick, der unvermittelt in Mißtrauen umschlug, stellte das Glas ab und glättete sorgfältig die Manschetten ihres Kleides. Mit leichten Fingern beseitigte sie unsichtbare Falten.

Vielleicht befürchtete sie, daß sie zuviel erzählt hatte.

»Richtig betrachtet sind das für Sie auch schöne Ferien«, fügte sie mit gesenktem Blick hinzu, »eine Woche Urlaub ist doch schon etwas. Bis nach Neapel und keine Kaserne.«

Sie hatte recht, aber ich versuchte dennoch ein paar beruhigende Worte herauszubringen.

»Nun gut«, unterbrach sie mich mit plötzlicher Schwermut, »Sie gehen jetzt besser. Gleich da draußen liegen die Putzlappen. Für das Wachs. Ihr mit euren Militärlatschen. Es ist die Tür am Ende des Korridors. Aber klopfen Sie erst an. Bei ihm immer erst anklopfen. Es wird besser sein, wenn ich hierbleibe. Gott möge mir verzeihen, ich plaudere einfach immer zuviel aus.«

Sie hatte mich bereits aus ihren Gedanken ausgeschlossen. Einen Ellenbogen auf den Tisch gestützt, bewunderte sie die beiden Blumen in der Vase. Mit den Fingern der rechten Hand fuhr sie über jedes einzelne Blütenblatt und kontrollierte es.

»Und nennen Sie ihn niemals ›Hauptmann‹, immer bloß ›Signore‹«, bemerkte sie wieder ins Leere hinein, ohne mich anzusehen.

»Ich werde Ciccio zu dir sagen. Gefällt dir das? Ich habe euch immer alle so genannt. Oder paßt dir das etwa nicht? Du denkst wohl, es ist ein Name für einen Hund? Wenn dir das nicht paßt, sag es. Sag es ruhig.«

Er hatte mich sich ihm gegenüber setzen lassen, so daß sein vernarbtes Gesicht weniger als einen Meter von mir entfernt war. Die dunkle Brille, die bis zu den Schläfen reichte, und die steife, behandschuhte linke Hand warfen schwache Reflexe in den Halbschatten. Mit einem Schlag begann er zu lachen und beseitigte so die Wirkung dieses Gesichtes, das lediglich zwischen dem Haaransatz und dem oberen Rand der Brille glatt erschien und sehr bleich war.

Durch das Fenster hinter der Gardine drang verhalten der Lärm der Straße.

»Etwas von ihr zu trinken bekommen? Erzähl. Bist du Student oder nicht? Los doch, raus mit der Sprache.«

Er lachte.

»Ja, Signore«, erwiderte ich.

Die rechte Hand langte zu dem Tisch, der uns trennte, und nahm eine Zigarette aus einem Etui. Bevor es mir gelang, ein Streichholz anzustecken, führten diese Finger die Zigarette an die Lippen und entzündeten ein Feuerzeug, ließen es gleich darauf erlöschen und fielen elegant wieder in den Schoß, um sich um die Hand im Handschuh zu schließen.

»Läufst du? Kannst du laufen? Letztes Jahr hatte ich einen gewissen Ciccio, der das absolut nicht konnte. Weigerte sich. Nach einer Stunde schnaufte er schon. Ich dagegen muß viel laufen. Selbst ein Pferd würde bei mir schlappmachen. Ihr denkt, daß ihr euch zu bewegen versteht. Aber sobald man euch auf die Probe stellt: ein einziges Ärgernis.« Er lachte noch einmal und blies den Rauch heraus.

»Ich laufe schon. In der Kaserne…«

»Es gibt nichts Dämlicheres als die Kaserne«, unterbrach er mich und hob die Hand. »Oder bist du anderer Meinung? Sag schon.«

»Es war nicht weiter wichtig«, versuchte ich ihm auszuweichen.

Er lehnte sich zurück und brach in Gelächter aus, bis der Husten ihn zwang, sich auf das Sofa zu legen. Mit einem Taschentuch trocknete er die Mundwinkel.

»Herrlich«, sagte er mit entblößten Zähnen, »wir haben einen Ciccio, der denkt. Einen klugen Ciccio. Jawohl, einen Studenten. Vor einiger Zeit hatte ich schon mal einen. Philosoph – eine wahre Plage. Du scheinst mir keine Plage. Ich wette, du kannst ganz schön gewitzt sein.«

»Nicht immer, Signore.«

»Steinbock?«

»Nein. Wassermann«, erwiderte ich.

Er schnitt eine Grimasse.

»Auch du also ein Wassermann. Das klappt nicht. Wenn zwei Wassermänner zusammenkommen, schlägt es häßliche Funken. Die Dekade will ich gar nicht erst wissen. Unter gar keinen Umständen. Halte den Mund, und laß bloß nie deine Dekade entweichen.«

»Gut«, antwortete ich.

Er hustete schwach. »Wassermann. Aus dem Piemont. Wirtschaft und sogar Handel. Und da du hier bist: auch noch Menschenfreund. Ich verstehe dich nicht, Ciccio. Aber warum sollte ich auch? Es stimmt doch, daß wir keine gegenseitige Verpflichtung haben, uns zu verstehen? Für eine gemeinsame Woche genügt es, wenn man es schafft, sich zu tolerieren. Und sich trabend vorwärts zu bewegen. Richtig?«

»Richtig.«

»Eben nicht«, reagierte er triumphierend. »Du wirst sehen, was für ein besonderes ›Nicht‹ das ist. Trotzdem: morgen um sieben. Hier. Dann Bahnhof, dann Genua, Rom, Neapel. Warst du schon dort?«

»In Neapel noch nicht.«

»Nanu! Dann werden wir diesen wassermännischen Wirtschaft- und Handel-Studenten sogar noch an einen neuen Ort begleiten: Ich fing bereits an zu verzweifeln«, lachte er mit der Zigarette zwischen den Zähnen.

Mitunter zerfiel seine Stimme in Segmente scharfer Silben und Akzente.

»Ich wußte gar nicht, daß wir auch in Genua und Rom haltmachen würden. Wenn ich richtig verstanden habe«, warf ich ein.

»Wir machen halt? Wer hat denn das behauptet? Nur, wenn ich Lust dazu habe. Wenn irgendein Tick es befiehlt. Zum Umherlaufen und zu anderen Vergnügungen. Eine Woche – geht es dich etwas an, wie ich die verbringe? Wolltest du davon etwas stibitzen? Irgendwelche Flittchen, die auf dich warten? Red nur, red nur.«

»Nein. Da wartet niemand. Ich meinte nur so.«

»Ciccio meinte nur so.« Er begann sich mit einem breiten Gähnen aufzurichten.

Er war sehr dünn, ein krummes Stück Draht in einer Jacke und einer Hose, die seine Magerkeit noch unterstrichen. Am Hals traten die Sehnen hervor.

Ruhigen Schrittes durchquerte er das Zimmer, öffnete erst einen Schrank und dann eine Flasche, goß sich ein großes Glas Whiskey ein und leerte es augenblicklich bis zur Hälfte. Bevor er es ganz austrank, stieß er einen lauten Seufzer aus. Aus der Dunkelheit tauchte ein riesiger grauer Kater auf und näherte sich ihm lautlos. Er blieb vor ihm stehen, den Schwanz mit sanften Schwingungen über dem Boden bewegend.

»Das ist der Baron«, erklärte er und setzte dabei das Glas

ab. »Ein toller Kerl, was? Sechs Jahre. Ein Koloß. Kastriert. Er haßt mich tödlich, aber wehe, wenn ich nicht zu Hause bin, wenn er meine Stimme nicht hört. Und wenn ich da bin, versucht er ständig, mich zum Stolpern zu bringen. Bisher ist es ihm noch nicht gelungen. Armer Baron.«

Das Tier prüfte ihn mit gehobenem Kopf. Ein leichtes elektrisches Zittern durchströmte den Schwanz.

»Wild wie immer, was?« Er beugte sich steif herab, um dem Kater den Nacken und die Ohren zu streicheln. »Häßlicher Kastrat. Elender Lump. Morgen reise ich ab. Du wirst sehen, wie die gnädige Frau dich auf Diät setzen wird. Schluß mit dem Hackfleisch. Fettwanst.«

Der Kater erzitterte, atmete tief. Unter Schmerzen entzog er sich der Hand seines Herrn und verschwand in einer Ecke.

»Er versteht alles. Ich beleidige ihn, und er haßt mich. Oder umgekehrt«, stieß er lachend hervor.

Irgendwie war ihm mit einem Male ein ziemlich kurzer, biegsamer Rohrstock in die Hände geraten.

Unversehens verfiel er in ein wehmütiges Lächeln, wobei er sich mit dem Ende des Stockes an die Wade klopfte. »Ich will dir überhaupt nicht verheimlichen, daß ich lieber einen Bauern gehabt hätte, so einen richtigen bäuerlichen Dickschädel. Aber vielleicht stellst du ja eine Variante dar. Wir werden sehen. Steh auf.«

Noch bevor ich mich vorwärtsbewegen konnte, streckte er den Rohrstock aus, um mich aufzuhalten. Dabei berührte er mit der Spitze fast meine Schulter.

»Wie klein du bist. Verdammt. Nicht viel größer als ein Zwerg. Was für eine getürkte Art von Wassermann. Wie werden wir es anstellen, mit unseren zwei unterschiedlichen Größen zu laufen?«

Er fuhr mir erneut mit dem Stock von der Schulter bis zum Knie und verzog den Mund. Die Hand im Handschuh hatte zwischen den beiden ersten Jackenknöpfen Halt gefunden.

»Na ja, versuchen wir's.«

Er riß die Tür zum Korridor weit auf, versetzte den Putzlappen, die er dahinter entdeckte, einen Tritt, daß sie fortflogen, und fluchte lautstark. Als ich mich ihm näherte, hakte er mit schneller, sicherer Bewegung seine behandschuhte Hand unter meinen rechten Arm. Ich spürte die Härte seiner Knochen, die Anspannung der Nerven, die feste Wölbung aus Eisen und Leder, die die Prothese kurz über dem Handgelenk mit dem Arm verband. Der plötzliche heftige Ruck hätte mich beinahe aus dem Gleichgewicht gebracht.

»Idiot! Woraus bestehst du eigentlich? Sägemehl?« fragte er und blieb stehen. »Wohin willst du gehen? Etwa auf eine Prozession? Laufen heißt laufen. Wach auf.«

Mit Schwung gingen wir den Korridor entlang, im Gleichschritt und immer schneller. Meine rechte Schulter war untrennbar mit seinem Arm verbunden, den Rohrstock hielt er quer vor mir, um mein Knie abzumessen. Meter für Meter fühlte ich, wie die Spitze seines Stockes auf mich wartete und die Bewegung meiner Beine kontrollierte. Nach drei Runden durch den Gang blieb er mit einem Male stehen.

»Das klappt nicht. Überhaupt nicht«, entschied er, ohne dabei seinen Arm auszuhaken. »Du läufst nicht. Du schleppst nur deine sechzig Kilo hinter dir her. Wenn du deinen Beinen – die übrigens schon fast steif sind, verstanden? – keinen Schwung gibst, dann wirst du deinen Hintern verlieren. Du läßt ihn einen halben Meter hinter dir, und nach nicht einmal einer halben Stunde hast du gar keinen mehr. Das ist hier keine Beerdigung. Nur Mut! Schieb deinen Gesäßmuskel vorwärts, verdammt noch mal. Weißt du, was das ist, der Gesäßmuskel? Hast du Angst, ihn abzunutzen?«

Es ging wieder von vorne los, nur daß sein Rohrstock jetzt in regelmäßigen Abständen von meinem Knie zur Rückseite schwang und er meine Bewegungen in schnellen rhythmischen Halbkreisen überwachte. Als wir zum fünftenmal den Korridor entlangliefen, sah ich einen Lichtstreifen aus der Küchentür dringen und erkannte die Alte, die uns beobachtete.

»Noch einmal. Und bring die Absätze richtig auf den Boden. Wovor hast du Angst? Vor dem gebohnerten Fußboden? Absätze auf den Boden, drücke sie in das Wachs hinein.«

Er blieb so jäh stehen, daß ich ins Schleudern geriet.

»Etwas anderes«, sagte er, ohne sich zu bewegen, den Stock erhoben. »Hab den Kopf nicht in den Wolken. Wir laufen nur. Es gibt keinen Grund, über irgend etwas nachzudenken. Man denkt im Sitzen. Du mußt genau im Gleichklang mit mir loslaufen und stehenbleiben. Kapiert? Wie ein Uhrwerk. Und tippel nicht wie eine Madame beim Spaziergang.«

»Ja, Signore«, sagte ich, und ich weiß nicht mehr, wie es mir gelang, eine Bemerkung über den viel zu dunklen Korridor hinunterzuschlucken.

Wir waren wieder in seinem Zimmer, in dessen Ecken allerlei wuchtige Komponenten einer Stereoanlage standen. Unter dem Sofa atmete mit tiefen Zügen der Kater. Am Schrank goß der Hauptmann zwei Gläser bis zum Rand mit Whiskey voll und streckte eines mit der Rechten ins Leere.

»Los, nur Mut.«

»Wirklich, ich trinke nur wenig. Fast nie«, entgegnete ich, als ich das Glas entgegennahm.

»Ja? Das interessiert mich nicht im geringsten. Eine Woche: Mit mir wirst du trinken. Und keine Geschichten. Wenn du nicht mehr kannst, gieß ihn einfach irgendwo aus, meinetwegen in die Tasche. Laß es mich nur nicht merken«, lachte er lautlos.

Ich trank nur einen Schluck und versuchte dann mit aller Vorsicht das Glas mit ausgestrecktem Arm auf dem Tisch abzusetzen.

»Halt, Ciccio. Du willst wohl ganz schlau sein?« lachte er gelassen. Er stand in der Mitte des Zimmers. »Nicht mit mir, mein Junge. Nie mit mir. Hör sofort auf damit. Und gib es mir leer zurück. Einen zwölf Jahre alten Whiskey verschmäht man nicht einfach. Du machst mir Spaß.«

Ich trank weiter und versuchte, ihn nicht anzusehen, wobei mir der Halbschatten zugute kam, der mein Gegenüber fast durchsichtig werden ließ. Das Gesicht löste sich nach oben hin auf. Ein grauer Film ohne Konturen.

»Brennt es?«

»No Signore«, gab ich zur Antwort.

»Du bist dünn. Eine Stange. Zu spitze Knochen. Ich werde blaue Flecken bekommen, wenn ich mit dir herumlaufe. Ich werde dich mit Whiskey mästen. Allerdings muß ich anerkennen, daß du nicht stinkst. Der andere Ciccio, dein Vorgänger mit dem Typhus – furchtbar! Jeden Tag mußte ich ihm vor dem Ausgehen einen halben Liter Kölnisch Wasser den Rücken hinunter gießen. So sehr roch er nach Stall, nach aufgewärmter Gemüsesuppe.«

Zehn Minuten später stand ich auf der Straße. Meine Augen waren müde und konnten keine Richtung mehr fixieren. Bis zur Rückkehr in die Kaserne hatte ich noch Zeit. Ich verfluchte das Nichts in mir und außerhalb von mir.

Bevor ich einen Schritt in der feuchten, klebrigen Luft tat, blieb ich auf dem Fußweg stehen und hielt Ausschau nach einem freundlichen Bar-Schild, um einen Kaffee zu trinken.

2

»Wenn es doch nur regnen würde. Verdammt noch mal. Eine Million für die Sintflut«, grummelte er zum wiederholten Male.

Wir saßen uns gegenüber auf der schattigen Seite des Zugabteils. Ein heißer Wind wehte durch die heruntergelassenen Fenster herein. Bald würden wir in Genua ankommen. Die ausgemergelte Landschaft, in der gelegentlich borstige Hügelchen auftauchten, zog im Licht des Morgens wie unter einem aschfahlen Schirm vorbei.

Von Anfang an hatte er sich beklagt und verächtlich geäußert: über den hassenswert gewöhnlichen Sommer, den stechenden Samtbezug der Sitze, den menschenleeren Zug. Durch die große Geschwindigkeit des D-Zugs wurden die Wagen geschüttelt. Jeglicher Versuch, im Gang entlangzugehen, wurde dadurch vereitelt.

Er saß bewegungslos da, rauchte eine Zigarette nach der anderen, die behandschuhte Hand regungslos auf der Armlehne, auf der Stirn eine Spur von Schweiß. Bei vollem Licht betrachtet, schienen die Male auf seinem Gesicht keine Narben eines Unfalls zu sein, eher Flecken und Schatten einer überstandenen Pockenerkrankung. Und dennoch kam mir dieser Kopf bei manchen seiner kaum merklichen Bewegungen mehr als nur schön vor: ein Prisma, das nicht so sehr die von außen kommende Helligkeit auffing und umgestaltete, sondern vielmehr die spontanen Einfälle, die Launen und bizarren Aspekte der Gedankenwelt.

Er streckte die rechte Hand aus.

»Hast du eine Brieftasche? Laß sehen.«

Überrascht zog ich sie heraus und führte sie zu seinen Fingern. Er ließ sie in die Handfläche gleiten.

»Wieviel ist darin?«

Ich nannte die Summe.

Mit einem Griff öffnete er sie, entnahm die wenigen Scheine und hielt sie vor mich hin.

»Nimm. Sind auch Ausweise und der Urlaubsschein darin?« fragte er schroff.

»Ja.«

»Die behalte ich«, lachte er, reckte sich zufrieden und steckte alles in seine Tasche. »Du kannst mir mehr vertrauen als ich dir. Stimmt's? Am Ende werde ich dir eine neue schenken. Hab keine Angst. Wenn du jetzt beleidigt bist, sage es nur.«

»Nein«, antwortete ich.

»Sing nicht so verstimmt«, lachte er mit einem langsamen Glucksen in der Kehle. »Ich weiß nur allzugut, daß du beleidigt bist. Jeder wäre es. Du kannst es ruhig zugeben.«

»In Ordnung. Wenn Sie Wert darauf legen. Ich bin es.«

Jetzt lachte er mit größerer Befriedigung.

»Endlich«, hustete er, »aber du wirst zugeben, daß ich versuchen muß, mich zu schützen. Du könntest die Nase voll haben, mich mitten auf der Straße im Stich lassen, in einem Café oder gar hier im Zug. Letztendlich, wer kennt dich schon?«

»So einer bin ich nicht«, warf ich ein.

»Möglich. Wer weiß. Und dann würdest du bestraft werden. Eine Weile in der Arrestzelle, das ist dir bekannt.« Er ließ die Zigarette in seinem Mund aufglimmen. »Also laß mir wenigstens die Illusion, daß ich in der Lage bin, mich zu schützen. Wenn man es so betrachtet: Bist du damit einverstanden?«

»Wie Sie wollen, Signore.«

»Du bist ganz und gar nicht einverstanden, aber dein ›si Signore‹ kommt einfach wie von selbst. Du bist aus Gummi, Ciccio. Du steckst alles ein und machst dann weiter wie bisher. Ich wette, dein Vater war ein Bauer. Ja?«

»Er ist Angestellter«, sagte ich.
»Also war dein Großvater einer.«
»Mein Großvater hatte einen Laden.«
»Na gut, dann dein Urgroßvater. Ziehen wir es nicht in die Länge«, erboste er sich. »Du bist zu vorsichtig. Zu sehr ›si Signore‹ nach Bauernart, das kenne ich. Solche Bauern sagen immer ›ja‹, und während sie nach Kartoffeln graben, graben sie gleichzeitig ein Grab. Und ständig beklagen sie sich, natürlich.«
Ich schwieg und beschäftigte mich eine ewige Minute lang damit, eine Zigarette auszuwählen, sie zu rollen und anzustecken.
»Redest du nicht mehr? Ist ja reizend«, nahm er das Gespräch wieder auf. »Sag die Wahrheit: Wenn jemand in diesem blöden Abteil gewesen wäre, hättest du dann auch ›si Signore‹ und ›no Signore‹ gesagt wie vorhin, als es um die Brieftasche ging? Oder nicht?«
»Warum nicht? Andere bedeuten mir nichts«, entgegnete ich.
Er brach in langes, verständnisvolles Gelächter aus und nickte lebhaft.
»Endlich rückst du mit der Sprache raus. Ausgezeichnet«, hustete er von neuem. »Also sag doch mal: Du hast beschlossen, daß es besser ist, mit dem armen Kerl hier Mitleid zu empfinden und so weiter. Stimmt's?«
»Nein, Signore.«
»Sieh mal an: Ich tue dir nicht leid?« Er lächelte und schürzte ironisch die Lippen.
»Ich weiß nicht. Ich glaube nicht.«
»Siehst du, daß du aus Gummi bist?« Er kam wieder auf das Thema zurück. »Ich tue dir also nicht leid, ich meine im Sinne von Mitleid und Barmherzigkeit. Ansonsten gehorchst du, erfüllst deine Pflicht, hast das ›si Signore‹ immer bereit – und so weiter und so fort. Du fühlst dich ganz in Ordnung. Ist es so?«
»Ich wollte sagen, daß Sie mir nicht leid tun oder in mir

Mitleid erregen auf irgendeine simple Art und Weise«, versuchte ich zu erklären.

»Sicher. Na klar doch. Laß uns mal sehen. Vorhin habe ich gesagt: Wenn doch nur eine Sintflut käme. Wie hast du das verstanden?« Er beugte sich ein wenig nach vorn und lächelte neugierig.

»So, wie Sie es gesagt haben. Als ein Mittel gegen diese Hitze«, antwortete ich.

»Nicht im geringsten, du Schlaumeier. Abgesehen davon, daß eine Sintflut – die Sintflut – immer recht käme. Aber wenn wir das einmal außer acht lassen: Ich meinte das Licht, nicht die Hitze. Die ist nur ein Resultat. Das Licht, sagte ich«, wobei er jede Silbe betonte, »das Licht ist still, ekelerregend still. Der Regen dagegen erzeugt Geräusche. Beim Regen weiß man immer, wo man sich befindet. Ob man nun in einem Haus steckt oder in irgendeinem Eingang steht. Kannst du folgen? Tue ich dir jetzt nicht leid?«

»Ja, so schon«, zwang ich mich zu erwidern.

In meinem Kopf drehte sich alles wegen seiner Worte, die wie aus einem Maschinengewehr gekommen waren. Ich hörte sie noch immer dröhnen.

Er hatte sich, von plötzlicher Langeweile ergriffen, entspannt gegen das Polster der Rückenlehne gelegt.

»Krepier doch«, sagte er langsam. »Ich meinte mich, nicht dich. Ach, was rede ich da. Ich sollte mir die Zunge abschneiden.«

Erneut amüsierte er sich auf seine boshafte Weise, streckte ein bißchen die Zunge heraus und tat mit der rechten Hand so, als wolle er sie abschneiden.

Mit einer Grimasse beendete er die Vorstellung.

Dann: »Hast du schwarze Haare?«

»Nicht gerade schwarze. Dunkelbraune.«

»Hast du gesehen, wie schwarz ich bin? Ein Rabe«, betonte er voller Stolz. »Und den Frauen gefallen schwarze Haare. Sie machen männlich, sagen sie.«

Auf einmal sackte sein Kopf nach vorn.

»Na, nicht zufällig irgendwo ein weißes Haar?«

»Kein einziges, Signore.«

Mir war übel von der Zigarette, die ich geraucht hatte. Außerdem hatte ich Hunger. Ich dachte an das Brötchen in meinem Koffer, hätte es aber niemals gewagt aufzustehen, es herauszuholen und vor ihm aufzuessen. Er dagegen zog aus der Innentasche seiner Jacke einen Flachmann aus Leder und Metall, schraubte den Verschluß ab und trank.

»Gräßlich um diese Uhrzeit«, erschauderte er. »Wenn du so einen Tölpel von Schaffner siehst, ruf ihn her.«

Er lehnte den Kopf an, um sich auszuruhen. Statt dessen veränderten viele unterschiedliche Ausdrücke in schneller Folge sein Gesicht.

Draußen folgte ein Tunnel auf den anderen, und feuchte Luft wirbelte durch das Abteil. Ein dicker, öliger Tropfen fiel mir auf die Hose, ein anderer streifte seine Stirn.

»In Genua machen wir halt. Hier drinnen wird man ja verrückt«, brummte er, wobei er noch immer in der Ecke lehnte. »Und du wirst mir den Dienst erweisen und deine Uniform ausziehen. Ich sage: Du wirst in Zivil herumlaufen.«

»Nein, Signore.«

»Ich werde dir Kleider kaufen.« Er schnaubte. »Ich will nicht den Anschein erwecken, als sei ich den wohltätigen Händen des Vaterlandes anvertraut.«

Er holte seine Uhr hervor, öffnete und betastete sie.

Auf der rechten Seite tauchte das Meer wieder auf, ein schmaler, grau-metallener Schleier jenseits der in wirrer Geometrie angeordneten Häuser.

»Ein Kontrolleur«, bemerkte ich.

Er hob die Hand, um ihn aufzuhalten.

Der Mann kam näher, ein Mann mit einem langen und traurigen Gesicht. Eine goldfarbene Borte lief rund um seine Mütze. Er setzte ein verbindliches Lächeln auf.

»Herr Dingsda«, herrschte er ihn mit halblauter, schneidender Stimme an, »ist es etwa Pflicht, sich diese Schweinereien anzuhören? Haben Sie vielleicht ein entsprechendes Gesetz erlassen?«

»Wie bitte, mein Herr?« stotterte der Schaffner verwirrt.

»Ich wiederhole: diese Schweinereien. Diese öffentlichen Quälereien«, und er versetzte mit der ledernen Hand dem Polster der Rückenlehne an der Stelle einen Schlag, an der sich der Lautsprecher befand.

»Das Radio, mein Herr?« Der Mann versuchte sich zu sammeln.

»Entsetzlich. Sofort ausschalten«, lautete die Antwort.

»Gewiß doch. Aber sehen Sie, man müßte alle ausschalten. Die Schaltzentrale befindet sich im Speisewagen und...«, stammelte der andere.

»Wollen Sie, daß ich mit der Pistole hineinschieße?« Er reckte den Hals und reduzierte seine Stimme zu einem Zischen: »Das Radio auszumachen – was bedeutet das? Es bedeutet: aus. Also los, beeilen Sie sich.«

»Gewiß, mein Herr, aber...«, sagte der Mann verstört. Vergeblich versuchte er, einen zustimmenden Blick von mir aufzufangen.

Ich fühlte, wie ich rot wurde. Steif lehnte ich mich an meine Rückenlehne.

»Die Augen und eine Hand habe ich verloren für die Ehre dieses Scheißlandes. Stimmt das oder nicht? Und jetzt wollt ihr wohl, daß ich auch noch die Ohren verliere, was?« schrie er unvermittelt.

Er war bleich geworden, zwei Tropfen Speichel klebten in seinen Mundwinkeln.

»Sofort, der Herr, sofort.« Der Kontrolleur floh und deutete unbeholfen mit den Fingern am Mützenschirm einen Gruß an.

Er freute sich diebisch, die rechte Hand half peinlich genau bei der Ausrichtung der linken auf der Armlehne. Und er lachte. Leise und zufrieden, mit kleinen trockenen Schluchzern, die in kurze Hustenanfälle übergingen.

»Was für ein Bastard ich doch bin. Ein großer, einzigartiger Bastard«, sagte er belustigt. »Wer weiß, was er heute abend zu Hause berichten wird, der arme Kerl.«

Auch ich drückte mich an den Sitz, um über den Samt Geräusche aufzunehmen, die ich bislang noch nicht gehört hatte. Man hörte die Musik kaum, konnte sie nur verfolgen, indem man das Ohr kräftig an die Lehne drückte. Schließlich nahm ich überhaupt nichts mehr wahr.

Beinahe ohne mir dessen überhaupt bewußt zu werden, öffnete ich weit den Mund und genoß stumm all die Verwünschungen, die ich ihm gerne entgegengeschleudert hätte.

»Wer weiß, wie es dem Baron ergeht«, freute er sich noch immer. »Wenn ich nicht zu Hause bin, vertrotteln alle umgehend.« In einer langgestreckten Kurve verminderte der Zug seine Geschwindigkeit und fuhr in den Bahnhof von Genua ein. Die Sonne wurde von den Weichen der Bahngleise reflektiert. Vasen mit staubbedeckten Geranien drängten sich traubenförmig entlang den Mauern.

Während ich die Koffer herunterholte, sah ich, wie er sich zurechtmachte, wie die Hand nach dem Krawattenknoten tastete und dann mit dem Taschentuch die Stirn abwischte.

Er erteilte mir die letzten Anweisungen.

»Du bist nicht mit mir zusammen, um den Gepäckträger zu spielen. Nimm dir einen von denen da draußen. Dazu sind sie da. Und wir: gleich in das Hotel gegenüber dem Bahnhof. Das mit der Palme. Eines der wenigen, die noch über Zimmer mit Verbindungstüren verfügen. Du wirst dir beim Schlafen die Ohren zustopfen müssen. Zweitausend Züge hört man da vorbeifahren.«

3

Kurz nach Mittag kam endlich der Wind. Plötzliche heiße Böen, die sich überschlugen, dichte Wirbel von Staub, Papier und Laub emporhoben und die Kronen der Bäume auf dem Platz zerzausten.

»Wunderbar«, bemerkte er beglückt bei den ersten Windstößen. Aber gleich darauf zogen wir uns ins Innere eines Cafés zurück.

In der Ferne erblickte ich unter einem Himmel, der seine Kraft wiedergewann, einen Teil des Hafens, einen Kran, das Heck eines verrosteten Schiffes. Kleine Flaggen flatterten straff in den ständigen Peitschenschlägen des Windes.

Wir waren bereits in einem Geschäft gewesen, in dem er gegen einen großen Betrag für mich einen himmelblauen Anzug und ein Hemd sowie einen weißen Leinenanzug für sich erstanden hatte. Sie sollten uns die Sachen gegen Abend in das Hotel bringen, nachdem sie einige kleinere Änderungen vorgenommen und den Hosenaufschlag umgenäht hätten. Anschließend waren wir mit großer Geschwindigkeit eine abschüssige Straße hinuntergelaufen. Dabei hatte er heiter und in aller Stille seinen Stock vor und zurück geschwenkt und kräftig meinen Arm umfaßt, um den Gang zu beschleunigen.

»Und am Nachmittag ein guter Friseur«, sagte er mit zufriedenem Unterton.

Auf dem Tisch bildeten die Belege für die verschiedenen Dinge, die wir verzehrt und getrunken hatten, eine Art Fächer, der von einem Aschenbecher beschwert wurde. Der Kellner brachte einen fünften Whiskey.

»Essen wir um eins?« fragte ich.

Mir drehte sich der Kopf, weil ich soeben zwei Wermut getrunken hatte.

»Ach ja, essen. Du wirst Hunger haben«, antwortete er und schüttete Eis in sein Glas. »Wer weiß, ob ich in deinem Alter auch immer so hungrig gewesen bin. Ich kann mich an nichts mehr erinnern. Kein Gedächtnis. Ich werde dir eine Stunde Ausgang geben. Ich esse jetzt nichts. Geh zur Theke und sieh nach, ob sie genießbare Brötchen haben. Aber daß du sie mir nicht zum Tisch bringen läßt: nur nachsehen.«

Ich stand auf. Unter großen Plastikhauben lagen alle möglichen Arten von Brötchen. Der Junge mit der Schürze, der hinter der Theke stand, war schmuddelig und gerade damit beschäftigt, peinlich genau seine Frisur zu überprüfen, die von den Spiegelungen der Flaschen vervielfältigt wurde. Einen Moment lang sah er mich mit der Gleichgültigkeit an, die alle den Soldaten entgegenbringen, als seien diese unsichtbare Wesen, durch die man hindurchblicken könne.

»Es gibt welche. Allerdings ist das alles da nicht gerade sauber«, teilte ich ihm mit, nachdem ich wieder zum Tisch zurückgekommen war.

»Ein wenig Schmutz ist das Minimum in dieser Gegend. Also, zieh Leine.« Er entließ mich, indem er mir einen Geldschein hinreichte. »Nimm. Iß. Geh in Richtung Hafen. Dann kannst du einen Blick auf die Mädchen werfen.«

»Welche Mädchen?« wunderte ich mich.

»Die, die immer dort sind. Hast du nie davon gehört?« lachte er friedfertig. »In ganzen Rudeln findet man sie in jedem Hafen. Auch schwarze, wenn du willst. Na ja, du weißt schon.«

»Ich würde lieber etwas essen«, lachte ich.

Verärgert richtete er sich auf.

»Ich sagte: während du spazierengehst. Oder blickst du etwa in die andere Richtung, wenn du sie siehst? Wie alt bist du eigentlich?«

»In Ordnung, Signore.«

»Betrachte sie genau, die eine oder andere. Man kann nie wissen.« Er ließ den Uhrdeckel aufschnappen. »Finde dich um zwei wieder hier ein. Nicht später.«

Draußen duckte ich mich, um dem Wind zu widerstehen, froh, allein zu sein und mit dem Gedanken an meinen neuen Anzug. Aber schon als ich am Hafen eintraf, kam mir diese Freiheit schal vor. Mit Verwunderung bemerkte ich, daß es mir lieber gewesen wäre, mit ihm zusammen zu essen. Ich stellte mir einige seiner Gesten bei Tisch vor, irgendeine unvermeidliche, an den Kellner gerichtete Frechheit.

Das Meer war zu meiner Rechten. Überall standen die Gerätschaften herum, die zu einem Hafen gehörten. Links von mir eine brüchige Mauer. Als ich mich ihr näherte, bemerkte ich einige Trattorien, zu denen schmale Treppchen hinabführten. Vor Körben voll schön präsentierter Krustentiere blieb ich stehen. Weiter drüben schwamm ein grauer Fisch langsam in zwei Finger breitem Wasser, ein Kellner kam sogleich näher, um mich zu mustern. Ich ging weiter. Als ich mich umdrehte, um einen Blick auf den gesamten Hafen zu werfen, kamen mir die Farben, die Schiffsbuge, die aufgereihten Schlote, die Kräne und der Wind so vor wie die Kulisse eines Films. Meine Augen fühlten sich verletzt, und der weit entfernte Lärm, der mich umgab und vielleicht von einem Markt hinter der Mauer verursacht wurde, beleidigte meinen bereits vom Wermut verseuchten Kopf. Ich beschloß, beim nächsten Gasthausschild haltzumachen. Die Trattoria war verlassen, und aus dem Kücheneingang heraus musterte mich unverhohlen der Wirt.

Mir war, als sei ich schon zu lange unterwegs, entführt in einen luftleeren Raum, der aber nicht erleichternd wirkte, sondern mich eher bedrückte. Ich verspürte eine vage Sehnsucht nach meiner Heimatstadt, egal, ob es nun meine Wohnung oder die Kaserne gewesen wäre.

Eine Postkarte für meine Mutter, dachte ich.

In Eile wählte ich auf der Speisekarte etwas aus und wartete dann, den Blick auf den kleinen Wagen mit den Nachtischen gerichtet.

»Ich versichere Ihnen, mein Herr. Kein einziges weißes Haar. Lassen Sie sich bedienen«, wiederholte der Friseur mit gesenkter Stimme und beugte sich vor. »Und auch hier oben, an der kritischen Stelle, alles in Ordnung.«

»Gut, gut«, antwortete er trocken.

Die Maniküre hatte sich bereits wortlos rechts neben ihn gehockt und behandelte seine Fingernägel mit der Feile. Und er, eingewickelt in ein doppeltes Tuch, vertraute sich dem Friseur zur Rasur an.

Ich erblickte sein Gesicht im Spiegel, das genau zwischen den Augen abgeschnitten war. Nach und nach verdeckte der Rasierschaum die Narben und diese Stellen, die wie kleine, dunkle Schußwunden aussahen – oder als ob sie ihm mit einem Bohrer zugefügt worden wären. Mit besonderer Eilfertigkeit sprang der Friseur um ihn herum, und auch das Mädchen arbeitete konzentriert.

Bis sie beunruhigt die Feile zurückzog: »O, entschuldigen Sie bitte«, sagte sie und unterbrach ihre Arbeit.

»Macht nichts, meine Liebe. Macht gar nichts«, antwortete er sanft.

»Ist etwas passiert?« wollte der Friseur besorgt wissen und machte dem Mädchen Zeichen der Verärgerung.

»Um Himmels willen. Nur Mut, meine Liebe, mach weiter. Es ist schon in Ordnung«, sagte er nochmals.

Das Mädchen beugte sich wieder nach vorn, einen Wattebausch in der Hand, und arbeitete noch aufmerksamer als zuvor weiter.

Der Friseur wußte nicht, wie er ein Gespräch beginnen sollte. Zwei-, dreimal warf er mir einen Blick zu, den ich mich hütete aufzufangen. Er war alt und blaß, stand wohl seit Ewigkeiten in diesem Laden. In einer entlegenen Ecke saß ein junger Gehilfe und las eine Sportzeitung.

»Wie war sie?« fragte er, kaum daß wir den Laden verlassen hatten.

Er hatte ein gutes Trinkgeld gegeben, und zu dritt hatten sie sich überschlagen, ihm die Tür zu öffnen.

»Die Maniküre? Klapperdürr. Nicht gerade häßlich, aber klein. Nicht einmal vierzig Kilo«, erklärte ich.

»Hätte ich das bloß gewußt. Ich hätte ihr einen Fußtritt verpaßt. Altes Miststück«, fletschte er die Zähne. »Ich kann schon das Geräusch der Feile nicht ertragen. Stell dir nur vor, wie es ist, wenn sie zusticht.«

Wir gingen schnell, obwohl die Straße anstieg. Der Wind hatte aufgehört, die Laternen in Höhe der ersten Stockwerke schwankten nicht mehr. Ich war verschwitzt und auch ein bißchen müde. Mein großer Wunsch war, ins Hotel zurückzukehren und den neuen Anzug anzuziehen.

»Riech mal die schöne Luft«, sagte er. »So muß es sein. Wind oder besser noch Regen. Und gleich darauf eine solche Luft. Eine, die in die Beine schießt. Juchu!«

Aber auf seinen Durst konnte ich mich verlassen. Allerdings konnte der Flachmann nicht mehr voll sein, und tatsächlich saßen wir wenig später in einem Café. Ein gewaschenes, rechteckiges Stück strahlenden Himmels überspannte den neuen, unbekannten Platz; der Sonnenuntergang war noch fern. Am Ende des Platzes stand neben einem Kiosk eine Gruppe von Straßenbahnfahrern, die sich gegenseitig in sanftem Tonfall neckten. Die an der Endstation stehenden Trolleybusse wurden von der prallen Sonne beschienen. Ich dachte: Die Zeitung darf ich nicht vergessen, für heute abend. Und ich kann nicht beschreiben, wie sehr ich mich bei diesem Gedanken *seines* Unglücks wegen schämte.

»Ich würde ja etwas essen. Aber nein. Besser nicht. Sonst habe ich am Abend keinen Appetit mehr«, sagte er und atmete, nachdem er seinen Whiskey getrunken hatte, langsam aus. »Was die Mädchen angeht: Erzähl mal.«

»Die vom Hafen? Da habe ich nichts Tolles gesehen«, entgegnete ich.

Ich kostete von meinem Eis, über das er mir mit Gewalt ein Glas voll Likör gegossen hatte.

»Wach auf, Ciccio.« Seine Stimme war ruhig, hatte aber einen alles andere als beruhigenden Unterton gezügelter Wut. »Dein Vorgänger, ein völliger Analphabet, hat sie überall entdeckt, selbst unter den Steinen. Er sprach von nichts anderem. Leider. Denn wie konnte ich ihm trauen? Ihm gefielen sie alle. Und du – mach den Mund auf.«

Ich redete, versuchte mich zu erinnern, und dann und wann erfand ich etwas hinzu. Ich war mir bewußt, daß ich gut daran täte, eine bestimmte Frau, die in einem orangefarbenen Kleid in der Tür einer Bar gestanden hatte, genauer zu beschreiben.

»Und war sie groß? Sehr groß?« verhörte er mich.

»Groß, ja. So wie Sie. Sehr groß.«

»Und weiter, verdammt noch mal. Was spielen wir hier eigentlich? Die Wörter mit der Zange aus der Nase ziehen?« Er wurde ungeduldig. Er hatte schon mit dem Glas auf das Tischchen geklopft, um ein zweites zu bestellen. Ein Kellner kam im Laufschritt.

»Tut mir leid, ich habe Ihnen alles erzählt. Schließlich habe ich nicht mit ihr gesprochen«, sagte ich. »Sie stand im Eingang einer Bar. Allein. Groß. Mit schwarzen Haaren. Vielen schwarzen Haaren.«

»Die Haare schwarz, aber nicht die Haut. Es stimmt doch, daß ihre Haut nicht allzu dunkel war? Weiße Haut ist die bessere.« Er lachte ins Leere hinein.

»Schwarz? Ich denke nicht. Weiß. Ja, auf jeden Fall. Aber nicht dünn. Alles in allem eher so eine Art Riesenweib.« Allmählich wurde ich es leid.

»Genau das wollte ich wissen«, lachte er erregt und

stampfte mit dem Fuß auf. »Ein richtiges Riesenweib. Aber jung. So mag ich sie, Ciccio. Morgen.«

»Was – morgen?« wollte ich wissen.

»Morgen suchen wir sie. Du suchst sie mir. Du wirst dich doch wohl noch an die Bar erinnern, herrje.« Er lachte und trommelte unter dem Tisch. »Ausgezeichnet.«

»Aber ich...«

»Du. Was du?«

»Ich weiß nicht, was...«

»Ach je, du weißt nicht was. Was zum Teufel meinst du? Was du sagen sollst? Zu der da?« Er lachte zufrieden. »Keine Angst. Du sagst ihr die Wahrheit, nicht mehr und nicht weniger. Sie antwortet zehn, du entgegnest fünfzehn. Wovor hast du Angst? Als Kuppler dazustehen?«

»Genau das. Ich wollte es nur nicht so ausdrücken. Ich weiß nicht«, erwiderte ich kläglich.

»Du wirst mir doch nicht plötzlich verblöden?« Er hatte den Ton geändert, der jetzt nicht mehr als ein ängstlicher Faden in seiner sonst so gewohnten Sicherheit war. Seine Hand bewegte sich, als wollte sie meinen Arm berühren, blieb dann aber regungslos erhoben. »Was ist Schlechtes dabei? Ich will dich nicht zwingen. Aber was ist Schlechtes dabei? Wir gehen dorthin. Du hältst deine Rede. Dann begleitest du mich, wartest auf mich, und fertig ist die Sache. Noch nicht einmal eine Stunde, du wirst schon sehen. In Ordnung?«

»Ja, Signore.«

Er wollte vor der Rückkehr ins Hotel zu Abend essen. Wir saßen in einem bedrückend leeren Restaurant. Nachdem er ein wenig Schinken und Brühe mit Ei gegessen hatte, war er schon satt. Er wühlte in den Trauben auf dem Tisch, ohne davon zu probieren. Er sagte fast nichts, war zerstreut, die Zigarette qualmte im Aschenbecher vor sich hin. Für das, was ich mir bestellt hatte, zeigte er nicht das geringste Interesse. Ab und zu kam eine Frage.

Charlie (Chris O'Donnell) im Gespräch mit seinen Freunden

Charlie trifft den blinden Lt. Col. Frank Slade (Al Pacino), den er für ein Wochenende betreuen soll.

Durch Ihren Trip nach New York entwickelt sich eine Freundschaft zwischen Frank und Charlie

Frank und Charlie auf ihren Streifzügen durch die Straßen New Yorks

Seine Stimmung besserte sich jedoch, als wir auf das Hotel zugingen. Er pfiff ein altes Lied, den Rohrstock schwenkte er heiter durch die Luft vor uns.

Der Himmel hatte sich dunkelgrün verfärbt, rosafarbene und graue Mauern richteten sich in der Ferne auf, stufenförmig entlang des Hügels. Doch alles, was ich betrachtete, kam mir fremdartig vor. Bilder einer Welt, die nicht die meine war, sondern vielmehr der meinen entgegengesetzt, und die sofort wieder verschwanden, ohne eine Spur zu hinterlassen.

Bevor wir auf die Zimmer gingen, trank er noch etwas, und ich mußte neben ihm an der Bar warten. Der Junge hinter dem Tresen würdigte uns kaum eines Blickes und verschanzte sich hinter einem Heftchen.

Schließlich wagte ich hervorzubringen: »Warum mit der da erst morgen und nicht gleich jetzt? Wäre es jetzt nicht besser? Wenn wir schon einmal beim Thema sind. Morgen müssen wir doch wieder abfahren.«

Er widersetzte sich mir mit einer Stimme, die weit entfernt und zart klang.

»Nein, heute abend nicht. Nicht am Abend. Außerdem bin ich noch nicht bereit. Ich muß darüber nachdenken. Wir werden erst morgen nacht fahren. Aber am Nachmittag, mit unseren neuen Anzügen: Das gibt neue Lebenskraft. Glaube mir, Ciccio, es wird guttun.«

»Ja, Signore.«

Oben führte ich ihn durch das ganze Zimmer, das er in wenigen Minuten mit schnellen, prüfenden Stockschlägen auskundschaftete und beherrschte. Das große Paket mit den neuen Anzügen lag auf einem Stuhl, eingepackt in tadellosem Papier.

»Laß es uns morgen öffnen und die Sachen anprobieren. Nur keine Eile«, sagte er müde. »Ist der Koffer auf dem Tisch? Das genügt. Geh. In einer halben Stunde werde ich dich rufen.«

Ich saß auf dem Bett, wagte es aber nicht, mich auszuziehen, sondern wartete. Als er mich rief, lag er schon im Bett. Er hatte den Schlafanzug angezogen, die behandschuhte Linke über der Bettdecke, Aschenbecher, Uhr und Zigaretten in Reichweite.

»Du hast eine Zeitung gekauft. Aus Turin? Sehr gut. Manchmal findet man darin die schönsten Heiratsanzeigen der Welt. Setz dich. Mach es dir bequem. Lies schnell.«

Ich begann: »Gehobene Bankangestellte aus dem Norden, neununddreißig, sportlich, gute Verhältnisse, würde gerne großen...«

Ich laß weiter ohne Unterbrechung bis zum Ende der beiden halben Spalten, obwohl mein Mund schon ganz ausgetrocknet war.

Er rauchte, hörte aufmerksam zu und stieß hin und wieder ein kurzes Lachen oder ein unverständliches Gemurmel aus. Als Zeichen ironischer Zustimmung oder vorgespielten Mitleids nickte er manchmal, verzog den Mund und fuchtelte mit der Hand in der Luft herum. Sein von dem zu grellen Licht ausgebleichtes Gesicht trat aus dem schneeweißen Kopfkissen hervor.

»Schneide das von der hübschen, vornehmen, 1,50 m großen künstlerischen Ader aus«, sagte er am Ende. »Es ist eine der guten Anzeigen. In meinem Koffer befindet sich in der Seitentasche ein großer Umschlag. Steck sie da hinein. Ich habe Hunderte davon. Die geistreichsten hebe ich immer auf. Wenn man verstimmt ist, dann gibt es nichts Besseres, als sie sich alle vorlesen zu lassen.«

Ich gehorchte und verharrte dann einen Augenblick am Fußende des Bettes. Von der anderen Seite der Wand her drang das Brummen des Aufzugs.

»Geh nur, Ciccio. Gute Nacht«, sagte er betrübt. »Ach, halt. Ich habe meine gute Tat vergessen.«

Er ließ sich von mir eine Mappe bringen, die Umschläge und Briefbögen mit der Anschrift des Hotels enthielt.

»Hast du eine Füllfeder?«

Er legte die Mappe auf die Knie, hielt sie mit der behandschuhten Hand fest, holte einen Bogen hervor und begann zu schreiben, nachdem er peinlich genau mit dem rechten Zeigefinger den Rand des Blattes entlanggefahren war. Langsam, einen riesigen Buchstaben nach dem anderen, die alle auseinanderklafften, ein großes S, dann ein C und ein H, ein E, ein I, dann zwei S...

Den letzten Buchstaben hätte er beinahe nicht mehr aufs Papier gebracht.

»Das ist für die Tante. Erinnerst du dich noch an die Tante?« fragte er und reichte mir die Mappe. »Reg dich nicht auf. Sie ist bereits daran gewöhnt. Es macht ihr Freude. Sie tut, als würde sie sich ärgern, und beklagt sich beim Baron, der dann jedesmal die Tollwut bekommt. Denken wir daran, daß wir ihn morgen einwerfen. Ich diktiere dir die Anschrift.«

Während ich schrieb, hatte er noch die Kraft für ein großes, aber kaltes Gelächter.

»Geh jetzt. Schlaf, wenn du kannst.« Indem er träge die versehrte Hand hob, fügte er hinzu: »Ich muß sie mir abschrauben. Wenn ich mir doch bloß auch den Kopf abschrauben könnte.«

»Wenn Sie Hilfe brauchen...«, sagte ich.

»Mach dich nicht lächerlich.« Mit zusammengebissenen Zähnen brach er auf einmal in eine Tirade wüster Beschimpfungen aus. »Sei vor allem kein Heuchler. Das bist du nämlich: heuchlerisch. In dir ist kein Leben. Kein Blut. Mehlsack. Mehr bist du nicht mit deinen zwanzig Jahren. Aber darauf pfeife ich allemal. Auf dich und alle, die so sind wie du. Ihr seid nichts anderes als Stümper. Ihr mit eurer idiotischen Menschenliebe für den Sonntag. Geh, geh doch schnarchen. Ich habe dich sowieso schon durchschaut. Ich weiß, daß du glaubst, dich retten zu können, indem du dein Maul verstopfst. Hau ab. Und glaub ja nicht, du könntest jetzt ausgehen. Wenn ich merke, daß du das Hotel verläßt, werde *ich* die restliche Zeit deines Wehrdienstes gestalten. Zieh Leine. Aufstehen um acht.«

Ich ließ diesen eher verblüffenden als beleidigenden Ausbruch über mich ergehen. Dann löste ich meine Füße einen nach dem anderen vom Boden und flüchtete in mein Zimmer.

Es war warm. Ein alter, säuerlicher Geruch lag in der Luft. Ich öffnete das Fenster. Unten verschwand eine verlassene Gasse im Dunkeln. Der Lärm der Stadt klang hoch und brummig, während der des nahegelegenen Bahnhofs trockener und schriller war. Meine Beine spürte ich kaum mehr, aber mein Kopf war noch nicht recht müde. Auf das Fensterbrett gestützt, wollte ich eine letzte Zigarette rauchen und versuchen, nicht daran zu denken, daß auch ich eine Null, ein Nichts sei.

Mitten in der Nacht erwachte ich, aufgrund irgendeiner vagen Angst.

Das Licht, das im anderen Raum noch brannte, half mir, die Umrisse einer Tür und eines Schrankes wieder ausfindig zu machen. Auf Zehenspitzen schlich ich vor, um einen Blick in sein Zimmer zu werfen.

Er schlief, als würden Arme und Beine nicht zusammengehören. Eine Art weiße Hülle umschloß den Stumpf des abgetrennten linken Armes. Ohne den Schutz seiner Brille kam das Porträt eines Massakers zum Vorschein.

Die Flasche Whiskey stand auf dem Nachttisch neben einem kleinen Fläschchen – Schlafmittel, sicherlich.

Ich hustete und stieß gegen einen Stuhl. Er rührte sich nicht.

Um nicht mehr länger dieses Gesicht betrachten zu müssen, ging ich im Zimmer umher. Im Koffer lagen in einer mit Seidenpapier gefüllten Schachtel ordentlich zahlreiche Krawatten. Am Boden des Koffers, noch unter den Hemden, befand sich ein hartes Dreieck. Ein Revolver im Halfter. Außerdem zwei Flaschen.

Hinter meinem Rücken nahm ich seinen scharfen Atem wahr.

Im Badezimmer waren sämtliche Kleinigkeiten fein säuberlich entlang dem Waschbeckenrand aufgereiht. Zahnbürste und Zahnpasta, ein Schwamm, Kölnisch Wasser, ein noch verpacktes Stück Seife, zwei Bürsten.

Ich schnupperte an dem Kölnisch Wasser und zog eine Zigarette aus der Schachtel auf dem Tisch.

Ich fühlte mich elend und dumm, aber auch von einer törichten, wahnsinnigen Verachtung und Rachlust gepackt. Trotzdem fand ich nicht den Mut, das Paket mit den neuen Anzügen zu öffnen. Neben dem Koffer sah ich seine Ausweispapiere und suchte nach den Daten: neununddreißig Jahre. Und der Name: Fausto G.

Ich hielt einen Moment inne und rang gleichzeitig mit der Idee, mir ein weiteres Mal mutig dieses Gesicht anzuschauen – mit der Hoffnung, es sofort und für immer aus dem Gedächtnis zu streichen.

Feige versagte ich mir einen weiteren Blick.

Nachdem ich in mein Zimmer zurückgegangen war, setzte ich mich auf die Bettkante, die fade Zigarette in der hohlen Hand.

In einem schwachen Licht zeichneten sich bereits vage die Umrisse der Fensterläden ab. Das Pfeifen eines Zuges verlor sich ohne Echo in der Stille.

Das werde ich nicht bis zum Ende durchstehen, dachte ich aus einer weit entfernten Ecke meines Bewußtseins, die mir noch verblieben war.

Mit geschlossenen Augen legte ich mich auf das immer noch warme Kopfkissen.

4

Mit der Spitze seines Rohrstockes streifte er nacheinander beide Hosenaufschläge und fuhr gemächlich rings um sie herum bis zu den Schuhspitzen.

»Fallen sie richtig, sind sie nicht zu kurz?«

»Perfekt«, gab ich zur Antwort.

Er drehte sich, und im Licht der Sonne, das durch das Fenster hereinfiel, wurde das Leinen seines Anzugs zu einem strahlenden Weiß.

Mit der dunklen Krawatte, der Brille und der steifen Hand vor dem Bauch kam er mir unwirklich vor, wie das Negativ einer Photographie, die aus den Tatsachen des Lebens herausgeschleudert worden war, um über eben diese zu lachen und ihnen etwas Banales zu verleihen.

Er zog nochmals die Schultern hoch und tastete nach den Ärmeln, unter denen die Manschetten des blauen Hemdes hervorguckten.

»Sehe ich wirklich nicht aus wie ein Eisverkäufer? Oder ein Krankenpfleger?« fragte er eindringlich.

»Es steht Ihnen ausgezeichnet. Wirklich.«

Er schnitt eine Grimasse.

»Na gut. Aber ein Leinenanzug muß ein wenig zerknittert aussehen. Das ist die Regel.«

Er tastete sich zum Bett und streckte sich darauf aus. Dann drehte er sich energisch abwechselnd auf die Seiten, reckte sich und zog die Knie in rasendem Pedaltritt an den Körper.

»Und jetzt?« fragte er, als er wieder auf den Beinen war.

»Sehr gut.«

»Etwas anderes fällt dir auch nicht ein«, protestierte er argwöhnisch.

»Aber es steht Ihnen gut. Was soll ich denn sonst sagen?«

»Gehen wir«, entschied er. »Auch du wirst zufrieden sein, ohne deine übliche lumpige Uniform. Los, los. Auf geht's.«

»Ja, Signore.«

Nur äußerlich war er heiter und gelassen. Die plötzlichen Zuckungen der Lippen und die gewollte Freundlichkeit in seiner Stimme verrieten Angst.

»Ein Glas. Ein Kaffee. Und dann zu allem bereit«, lachte er, als wir auf den Fahrstuhl warteten.

Eine Viertelstunde später gingen wir eine schmale Straße hinauf, die parallel zum Hafen verlief. Kleine Bars, die schummrig und feucht aussahen, höhlenartige Läden, Trattorien, aus denen es nach altem Bratöl stank. Am Boden Papier und Überreste verfaulten Gemüses, die nach dem morgendlichen Markt liegengeblieben waren. Schräg zwischen den Umrissen der Dächer verlief ein Streifen Himmel. Aus schwarzen Fensterlöchern hörte man die Stimmen und die Musik einiger Radios. Eine Alte mit einer Traube von Fotoapparaten in der Hand trat aus einer Haustür, beobachtete uns vorsichtig und zog es dann doch vor, in Deckung zu bleiben – im Dunkeln, wie eine Wurzel.

»Nichts?«

»Noch nicht. Nur zwei schreckliche«, entgegnete ich.

»Möglicherweise ist es eine schlechte Uhrzeit. Die Leute sind beim Essen. Wir werden doch nicht zu früh gekommen sein?« begann er zu zweifeln.

Da mir das keine richtige Antwort zu sein schien, schwieg ich.

Mit einem Male blieb er stehen.

»Hör zu. So gefällt mir das nicht. Welchen Sinn hat das denn?« fragte er. »Such mir ein Café. Da warte ich auf dich. Du machst die Runde und holst mich dann ab. Einverstanden?«

»Vielleicht ist es besser so.«

Ich verließ ihn an der Theke einer Bar. Er war verschwitzt und kam mir kraftlos vor hinter seiner Zigarette.

»Feilsch nicht ums Geld. Und sag die Wahrheit«, riet er mir mit einem schwachen Atemzug.

Wegen der Erregung, die in meinem Körper wühlte, lief ich immer schneller die ganze Straße entlang. Aus steilen Gassen, die zu meiner Rechten düster zum Hafen abfielen, tauchte immer wieder das weit entfernte, farblose Meer auf.

Unter den vielen Möglichkeiten suchte ich ein Café aus, das lautes Musikgetöse ausstieß. Drei oder vier Mädchen taxierten mich, als ich eintrat. Keine von ihnen schien mir geeignet. Ich wünschte, eine von ihnen hätte den Anfang gemacht.

Doch mit einem Schlag war meine Erregung verschwunden, ich fühlte mich sicher und entschlossen. Mit dem festen Willen, keinen Fehler zu begehen.

»Also noch mal: Sie ist extra heruntergekommen. Sie heißt Mirka. Einer der üblichen Namen. Eine ihrer Freundinnen ist sie suchen gegangen, und schon war sie unten, um sich sehen zu lassen. Jetzt wartet sie. Eine Tür auf dieser Straße, ungefähr zwanzig Meter von hier.«

»Die von gestern? Sicher?«

»Ja, das habe ich Ihnen doch schon gesagt«, log ich.

»Na gut, na gut. Gehen wir«, seufzte er todmüde.

Er redete kein Wort, bis wir über eine viel zu steile Treppe zwei Stockwerke hinaufgeklettert waren. Leise Stimmen drangen durch die Wände.

»Ich mußte ihr viel versprechen«, sagte ich und nannte den Betrag.

Mit einer wütenden Geste winkte er ab.

»Hier. Das ist die einzige Tür.« Ich blieb stehen.

»Moment«, entfuhr es ihm ängstlich. Aus seiner Tasche holte er einen Handschuh aus weißem Zwirn, den er geschwind über die lederne Hand zog. Nervös strich er jeden Finger einzeln glatt.

»Bin ich in Ordnung? Sag schon.«

»Gewiß. Gewiß doch.«

»Das ist nicht wahr. Zu warm hier«, widersetzte er sich erschöpft. »Verdammtes Taschentuch, weshalb will es nicht rauskommen? Klingel mal. Worauf wartest du? Klingel.«

Er hantierte herum, um sich den Schweiß abzuwischen.

Die Frau öffnete und sah uns mit kritischem Blick an. Ihr Geruch strömte uns schwer entgegen.

»Bleibst du hier?« fragte sie und zeigte mir die Küche. Dann, mit erhobener Stimme: »Barbara, wo bist du, Barbara? Komm, um diesem schönen Herrn Gesellschaft zu leisten.«

Ich saß an einem Tisch, der vor dem blitzblank geputzten Gasherd stand. Sonnenstrahlen trafen auf die Metallteile in der Küche. Von weiter hinten hörte ich ein Geräusch. Wahrscheinlich war er gegen irgendein Möbel gestoßen.

Vom Balkon spionierte erst ein Auge, dann das halbe Gesicht eines kleinen Mädchens mit nacktem Oberkörper.

Argwöhnisch kam sie näher, die Ärmchen hinter dem Rücken verschränkt.

»Du hast mir kein Eis mitgebracht«, sagte sie.

»Ich wußte doch nicht, daß du hier bist«, lachte ich. »Ich bringe es dir ein andermal. Morgen.«

»Das sagen sie alle. Aber wenn mir die Mama keins kauft, dann kriege ich niemals welches«, protestierte sie schmollend.

Sie schaukelte feierlich von einem Fuß auf den anderen, entschloß sich dann zur Zutraulichkeit und kam bis zum Tisch. Sie schaffte es gerade einmal, das Kinn und die Fingerspitzen auf die Platte zu legen. Sie roch nach Puder.

»Im September werde ich die Eidechsen sehen, weißt du?«

»Wirklich?«

»Wirklich. Ich lüge nicht.« Sie fuhr fort: »Im September

fahren wir ans Meer, aber an ein Meer, das weit weg ist. Nicht an das hier, das ist so schmutzig. Wir fahren in ein Land, wo die Mauern voller Eidechsen sind.«

»Schön. Und was machst du mit den Eidechsen?«

»Nichts«, lachte sie, »sie lassen sich nicht fangen.«

»Manchmal doch. Du nimmst eine, bindest ihr eine Schnur um und gehst mit ihr spazieren.«

»Du bist doof, du«, ärgerte sie sich. »Eidechsen lassen sich nicht anbinden. Das sind doch keine Hunde.«

»Stimmt. Du hast recht.«

»Sag der Mama nicht, daß ich dich ›doof‹ genannt habe. Du sagst ihr das doch nicht?«

»Nein.«

»Schwörst du?«

»Ich schwöre.«

Wegen dieser unerwarteten Freundschaft, und weil wir uns vertragen hatten, begann sie, mit den Augen zu rollen und den Kopf hin und her zu wiegen.

»Wenn du mir fünfzig Lire gibst, zeige ich dir den Schorf«, begann sie von neuem und hob das eine Knie an, auf dem ein Pflaster klebte.

»Du darfst es nicht entfernen, sonst heilt es nicht«, dozierte sie.

»Heute im Hof habe ich es zweimal abgemacht. Für zehn Lire. Aber beim zweiten Mal ist der Junge abgehauen, nachdem er es angesehen hatte, ohne mir das Geld zu geben. Mit dem spiele ich nicht mehr.«

Ich steckte eine Zigarette an, und sie setzte sich sofort in Bewegung. Sie lief durch die Küche, bis sie einen winzigen Aschenbecher gefunden hatte.

»Die Mama schimpft, wenn sie Unordnung sieht«, erklärte sie und stützte wieder ihr Kinn auf die Tischplatte. »Und weißt du, was sie sagt? Die Männer sind alle Schurken.«

»Ah, ich habe verstanden.«

»Sie sagt das immer. Alles Schurken. Und sie sagt auch:

Du bist Barbara, aber wenn du groß bist, wirst du keinen Bart haben. Wie lustig.«

»Barbara. Ein schöner Name.«

»Mir gefällt Maria besser. Weißt du? Wenn ich tot bin, werde ich eine Madonna. Aber die echte Madonna, nicht eine Statue.«

Sie begann sich mit einer Fingerspitze leicht den Bauch zu kratzen.

»Heute nacht hat mich eine Mücke gestochen. Hier. Siehst du?« Sie beugte sich vor.

»Nein.«

»Aber sie hat mich gestochen. Wenn sie mich stechen, macht Mama mir Creme darauf. Die ist kalt, da muß ich zittern.«

»Kratz dich nicht.«

»Und ob ich mich kratze.« Sie streckte die Zunge heraus.

»Wenn du dich so benimmst, wirst du keine Madonna«, sagte ich.

»Und ob ich das werde«, widersprach sie und stampfte mit dem Fuß auf. »Nach dem Tod. Wann stirbst du?«

»Ich weiß nicht«, lachte ich.

»Du hast keinen Bart. Du bist noch nicht alt genug zum Sterben«, überlegte sie.

Ich streckte die Hand aus, weil ich sie streicheln wollte, doch sie sprang lebhaft zurück.

»Ich werde viele Wunder vollbringen«, kreischte sie. »Sobald ich zur Madonna ernannt bin, wirst du sehen, welche Wunder ich machen werde.«

»Du bist eine Liebe.«

»Hundert Millionen Wunder. Ich werde mit Gold bedeckt sein und hundert Heilige um mich herum haben«, redete sie weiter und begann wieder damit, die Augen zu rollen und zu verdrehen.

»Bestimmt«, pflichtete ich ihr bei.

»Die Schurken werde ich aber alle in die Hölle schikken«, meinte sie zufrieden.

»Mich auch?«

»Ich weiß nicht«, antwortete sie und kräuselte ihre Nase. »Du hast mir kein Eis mitgebracht.«

Ich stand auf, und umgehend zog sie sich bis zur Balkontür zurück.

»Gehst du weg?«

»Noch nicht.«

Ich machte ein paar Schritte, um irgendwelche Laute aus dem anderen Zimmer aufzuschnappen.

»Die Tür ist abgeschlossen, die Tür ist abgeschlossen«, sang das Kind lachend vor sich hin.

»Aha.«

»Meine Mama schließt immer ab, wenn ein Herr da ist. Bist du mit einem Herrn gekommen?«

»Ja.«

»Dann mußt du warten, bis die Mama herauskommt. Wenn du willst, schreie ich. Sie kommt sofort, wenn ich schreie.«

»Nein.« Ich setzte mich wieder. »Uns geht es hier doch gut.«

Entlang einem Streifen Sonnenlicht, der ihre stummeligen, fast blonden Zöpfe beleuchtete, kam sie wieder bis zum Tisch vor.

»Gehst du in den Kindergarten?« fiel mir ein, sie zu fragen.

»Ich gehe, aber es macht mich krank. Jedesmal bekomme ich Fieber«, antwortete sie mürrisch. »Meine Mama will mich nicht mehr hinschicken. Sie sagt, dieses Jahr werde ich bei der Oma bleiben. Ich mag diese Oma nicht, weißt du?«

»Sieh mal an«, sagte ich.

»Ja, wirklich. Sie ist alt, sie betet nur und versteht gar nichts. Noch nie hat sie mir etwas geschenkt. Und immer weint sie. Meine Mama kauft mir immer viele Puppen. Weißt du, wie viele? Rat mal.«

»Keine Ahnung. Mal sehen: zehn«, schätzte ich.

»Fünfzehn«, kreischte sie lachend. »Darauf kommt nie jemand, nie. Fünfzehn. Eine ganz große ist darunter, größer als ich. Und eine Negerpuppe, ganz schwarz. Aber die gefällt mir nicht, und darum zähle ich sie nicht dazu. Die schwarze nehme ich nie mit ins Bett.«

Ich hörte Wasser rauschen, das Echo einiger Worte. Mit einem Seufzer erschien die Frau.

»Geh auf den Balkon, Barbara«, sagte sie.

»Nein und noch mal nein«, gab das Kind zurück.

»Willst du auch einen Kaffee?« fragte die Frau, ohne mich anzusehen und machte sich schon am Gasherd zu schaffen.

»Sag mal, dein Freund ist ganz schön nervös, was? Redet er mit dir?«

»Er ist nur etwas seltsam«, erwiderte ich.

»Und wie, die arme Seele.« Sie schraubte die Kaffeekanne zusammen. Ihre Hände waren groß, die Fingernägel hell und unlackiert. »Aber ein richtiger Herr. Er verlangt zwar einiges, aber ein Herr. Er ist ganz schön schwer, ich meine reich. Barbara, geh auf den Balkon.«

»Nein«, antwortete das Mädchen störrisch und schüttelte sich, »ich bleibe hier. Genau hier.«

»Geh oder ich rufe den Zauberer«, brummte die Frau.

Sie hatte einen breiten Rücken. Aus den kurzen Ärmeln ihres Morgenrocks ragten braune, fleischige Arme. Langsam war das Mädchen bis zur Schwelle der Balkontür zurückgewichen.

»Ich glaube nicht mehr an den Zauberer. Und auch nicht an den Weihnachtsmann. Nein, daran glaube ich nicht mehr«, schrie sie und ließ dann den Mund geöffnet.

»Und du, bleibst du nicht auch ein wenig bei mir, Kleiner?« lachte die Frau und drehte sich um. Ihr finsterer Blick war kritisch wie zuvor. »Zehn Minuten, ja? Oder schämst du dich vor deinem Freund?«

»Heute nicht.« Ich war verwirrt.

»Wie du willst. Du machst einen Fehler, beschränkt,

wie du bist. Aber ich bin nicht der Typ, der jemanden drängt«, lachte sie erschöpft. »Hier, der Kaffee. Aus dieser klapprigen Kanne bekommt man immer nur anderthalb Tassen. Reicht dir eine halbe?«

»Das genügt, danke.«

»Ich bringe ihm eine ins Zimmer. Also, wenn du nicht bleibst, dann sieh zu, daß ihr schnell verschwindet. Und du, Barbara, wehe wenn du wegläufst oder kreischst wie vorhin. Dann gibt es heute abend kein Fernsehen.«

In der Tür drehte sie sich um und fragte mit gesenkter Stimme: »Ein Kriegsversehrter ist er aber nicht, oder? Zu jung. Woher hat er das denn? Na ja, macht nichts. Das liegt an dieser beschissenen Welt. Warum heiratet er nicht? Ich kann mir vorstellen, daß er eine hübsche Pension erhält.«

Bevor ich aufstand, wollte ich dem Mädchen zuwinken. Doch sie schlug die Tür zu und beobachtete mich schmollend vom Balkon aus, ohne eine Reaktion zu zeigen.

Wir liefen lange herum. Die Hitze kümmerte ihn nicht, das Gesicht hatte er nach oben gewandt und den Rohrstock ließ er nicht mehr nach vorn sausen, sondern hielt ihn fest unter der Achsel eingeklemmt.

Ich hatte keine Lust, mich zu unterhalten. Ab und zu belustigten mich die hastigen Sprünge der Menschen, die darauf bedacht waren, uns den Bürgersteig frei zu machen, wobei sie sich an die Häuserwände drückten. Wir liefen um einen sehr großen, rechteckigen Platz herum, in dessen Mitte sich spärliche Grünanlagen befanden. Ich fühlte mich wie abwesend. Der Verkehrslärm verflog, ohne zu stören.

Ohne innere Bewegung dachte ich an den Revolver im Koffer: Wenn er sich nur nicht ausgerechnet in diesen Tagen damit abknallen würde. Weiß der Teufel, was ihm im Kopf herumspukt.

»Warum heiraten Sie nicht?« fragte ich, als wir, jeder ein Eis vor sich, eine Zigarette rauchten.

»Was ist los?« fragte er unwirsch, gleich wieder zum Angriff bereit, »was hat dich denn geritten? Was faselst du da?«

»Nur so. Es wäre logisch.«

»Logisch«, grinste er und zeigte die Zähne. »Blödsinn. Heiraten. Du redest wie meine Cousine.«

»Weshalb sind Sie denn dagegen?«

»Jung gefreit, nie bereut. Drum prüfe, wer sich ewig bindet. Und so weiter«, lachte er mich aus. »Ganz wie meine Cousine – oder auch Tante –, die nur von Redensarten lebt. Aber die ist immerhin schon siebzig. Schämst du dich nicht?«

Er hatte den Eisbecher zwischen den kaum gekrümmten Fingern der Linken eingeklemmt, von der mittlerweile der weiße Handschuh wieder abgestreift worden war. Mit dem Löffel rührte er das restliche Eis um.

»Ausgerechnet ich mußte an einen rückständigen, altersschwachen Burschen deines Formats geraten«, sagte er.

»Ich bin nicht altersschwach. Ich denke bloß nach. Glaube ich wenigstens. Das ist alles«, versuchte ich zu entgegnen.

»Ich denke, also nerve ich. Es wäre besser, wenn du nicht mehr alle Tassen im Schrank hättest«, lachte er trokken. »Den üblichen Analphabeten oder zumindest den typischen Sonderling hätte ich vorgezogen. Aber nein: Sie versorgen mich mit einem vernünftig denkenden Menschen, der, kaum daß er den Mund öffnet, schon tausend törichte Sprüche losläßt.«

Ich zog es vor, das zu schlucken. An einem Tisch in der Nähe hoben zwei Jungen ihre Köpfe von den Trinkhalmen ihrer Gläser und sahen zu uns herüber.

»Und wenn schon. Die Welt ist doch voll von guten Mädchen«, nahm ich das Gespräch wieder auf.

»Ja? Behalte sie, genieße sie«, unterbrach er mich, ohne die Stimme zu senken.

»Es gibt keinen Grund, Anzeigen in den Zeitungen aufzugeben, um die richtige zu finden.« Ich wollte mich nicht zurückhalten.

»Du redest nur so, weil du gesehen hast, daß ich in einer blöden Stimmung war«, sagte er schließlich und suchte nach Worten. »Denk, was du willst. Du bist ganz frei. Wenn du Wert darauf legst, werde ich dir sagen, daß diese Weiber da immer schon so eine Wirkung auf mich gehabt haben. Als es noch Freudenhäuser gab, ging es besser. Aber du kannst davon nichts wissen. Was haben wir für ein Land. Zum Totlachen. Nichts funktioniert, und was denken sie sich aus? Die Häuser dichtzumachen. Die einzige wirklich wohltätige Einrichtung dieses Landes.«

Die beiden Jungen am anderen Tisch hatten sich zur Seite gelehnt, um uns zu beobachten. Sie lachten.

»Weißt du, warum ich mich noch nicht umgebracht habe?« fragte er.

»Nein, Signore.«

»Weil ich noch nicht einmal beim Krepieren irgendwem Ärger bereiten würde«, schrie er mit hoher Stimme. Doch gleich darauf: »Dieses Eis war eine Schande. Sobald du aus Turin raus bist, gibt es einfach keine richtigen Süßigkeiten mehr. Nicht einmal ein passables Eclair. Schreib das in dein Tagebuch.«

»Sie werden niemals sterben, Signore«, sagte ich.

»Wie bitte?«

»Ich weiß, daß sich das dumm anhört. Aber das ist mir gerade eingefallen. Ich kann es auch nicht erklären. Mir ist so, als sollten Sie nie sterben.« Ich war ganz durcheinander.

»Nettes Kompliment. Herzlichen Glückwunsch«, lachte er fassungslos. »Du wirst mir doch kein Unglück bringen, Ciccio?«

»Ich habe den Revolver gesehen«, antwortete ich verhalten.

Er sprang auf.

»Ja, Signore. Letzte Nacht. Sie schliefen. Ich habe in Ihren Koffer geschaut und den Revolver entdeckt.«

Er ließ den Kopf hängen.

»Mieser Bastard«, murmelte er.

»Es tut mir leid, daß ich geschnüffelt habe, aber ich habe gut daran getan.« Ich gab nicht auf.

»Verdammter Verräter. Miststück«, stieß er hervor, seine Atemnot beherrschend. Die rechte Hand hatte den Rand des Tischtuchs gepackt und zerknitterte ihn.

»Sie können mich nennen, wie Sie wollen«, verteidigte ich mich und versuchte, das Zittern in meiner Stimme zu bekämpfen. »Aber ich bereue nicht, daß ich es getan habe. Ich bin ja schließlich auch irgendwie verantwortlich.«

»Du trägst nicht die geringste Verantwortung. Du hast keine Rechte. Nichts«, schrie er eisig. »Ich werde dir das Fell gerben. Ich werde dir die Haut abziehen.«

»Tun Sie, was Sie für richtig halten«, zwang ich mich zu erwidern. »Aber Ihr Offiziersbursche bin ich nicht. Und schon gar nicht Ihr Blitzableiter. Ich kann mir nicht alles gefallen lassen.«

Er überließ sich einem dünnen Lächeln.

»Du wirst dir alles gefallen lassen«, sagte er unter Betonung jeder einzelnen Silbe, »und wie du wirst. Ich werde dich schon kleinkriegen. Du hast nur eine Möglichkeit zu entrinnen. Weißt du welche? Abhauen. Leine ziehen.«

»So einer bin ich nicht.«

»Bist du doch. Idiot. Vorwärts, steh auf. Hau ab. Zieh Leine. Zeig mir, wie mutig du bist. Ich schwöre, daß ich nicht anfangen werde zu schreien. Ich laufe dir nicht hinterher, mein Fräulein.«

Er schwang den Stock. Die beiden Jungen betrachteten uns nun aufmerksam, unsicher, ob sie belustigt lachen oder eine mitleidige Miene aufsetzen sollten. Der Stock fiel wieder auf den Tisch.

»Los. Worauf wartest du? Beweg dich. Hältst du dich für unverzichtbar? Du bist überflüssiger als ein Kropf. Geh.«

»So eine Schweinerei werde ich nicht begehen.«

»Das wäre keine Schweinerei. Es wäre mutig. Ein Wort, das du wohl noch nie gehört hast. Zu dir paßt gut das ›Ja, Signore‹. Und das heimliche Herumstöbern, wie diebische Dienstmädchen es tun. Also: Gehst du oder nicht?«

»Nein.«

»Ich weiß, was du denkst: daß du gehen wirst, wenn es dir paßt. Das ist es, was du denkst.«

»Wie Sie meinen, Signore.«

Er lachte in kurzen, gequälten Stößen.

»Armer Irrer. Ich bin dir tausend Gedanken voraus. Paß also lieber auf. Es kann sein, daß ich als erster abhaue. Um dich zu zwingen, mit heraushängender Zunge hinter mir herzulaufen.«

Ich sagte nichts mehr, hin und her gerissen zwischen der Befürchtung, zu weit gegangen zu sein und der bitteren Befriedigung, daß es mir endlich gelungen war, den Mund aufzutun. Er schwang wieder den Rohrstock durch die Luft und atmete erschöpft ein und aus.

Die beiden Jungen waren aufgestanden. Bevor sie sich entfernten, warfen sie noch einen langen Blick auf uns. Ich antwortete mit einer beleidigenden Handbewegung, die sie davon überzeugte, besser auf den Platz hinauszugehen. Aus einiger Entfernung hörte ich sie lachen.

»Wir sollten ins Hotel zurückgehen. Wegen der Koffer«, entschloß ich mich nach einer Weile zu sagen.

Er stand auf, und wir machten uns schnellen Schrittes auf den Rückweg, beide unfähig, irgendein passendes Wort zu finden.

Ich war todmüde, mein Kopf war heiß und schwer, aber es gelang mir, mit ihm mitzuhalten. Sein Arm unter dem meinen versuchte jetzt, mich von neuem in das normale, verzweifelte Mitleid hinabzuziehen, doch wußte ich dem zu entgehen, zu widerstehen, obwohl ich mich der wirren Beweggründe dieser absurden Gegenwehr schämte.

Auf einer mit vielen Menschen überfüllten Kreuzung

rempelten wir uns an, aber weder fluchte er über mich, noch machte er mir Vorwürfe. Und ich hatte keine Lust, mich zu entschuldigen.

Der Lärm der Stadt war zu einem langen, ermüdenden Brummen angeschwollen. Die erwärmte Luft des Spätnachmittags war noch stickiger und klebriger als zuvor, trotz des nervösen Herannahens des hereinbrechenden Abends, der in den Schritten und Gebärden eines jeden vibrierte. In einem Arkadengang beobachtete ich mich dabei, wie ich gierig einige großformatige, bunte Filmplakate ansah. Die Gestalt einer Frau war darauf abgebildet, die eine Maschinenpistole trug und im wallenden, gelben Licht vor einer mächtigen Pagode stand.

Er pfiff mit schmalen Lippen, das Kinn nach vorn gestreckt. Dann hörte er auf und wurde von einem geräuschlosen Lachen geschüttelt, das bald in ihm erstickte.

Jenseits der Mauern und der lärmenden Stadt hörte man vom Hafen her den Klang einer Sirene.

In der Hotelbar kauerte er sich auf einen Hocker und fing an, mit der Linken die Theke zu bearbeiten, in lautloser Verstimmung über die Abwesenheit der Kellner. Durch ein entlegenes Fenster fiel das letzte Sonnenlicht herein, beschien grell seine Brille, die Stirn, den Haaransatz.

»Weg mit dir«, sagte er zu mir, kaum daß er sich über das Glas mit Whiskey gebeugt hatte. »Ich bleibe hier. Bis der Zug fährt. Verzieh dich, wohin du willst.«

Seine Hand zitterte. Mit unkontrollierter Gier trank er den ersten Schluck. Der Leinenanzug war auf dem Rükken völlig zerknittert.

Ich sank in einen Sessel im Nebenraum, weit davon entfernt, einen klaren Gedanken fassen zu können.

5

Vielleicht ist alles die Schuld meiner Lauheit. Der Versuch, sich selbst zu betrügen, ist idiotisch und nutzlos. Daher muß ich unbedingt meine Lauheit anklagen, das heißt, meine Mittelmäßigkeit... Sonst hätte ich ihn nämlich verstanden, und auch seinen absurdesten, feindseligsten und wildesten Worten wäre es dann gelungen, irgend etwas in mir aufzurütteln – wahre Intelligenz oder wirkliche Auflehnung. Nicht Mitleid, denn Mitleid allein kommt und geht und dient zu nichts, sondern eine andere Art, die Welt zu begreifen, das Leben, es zu sehen, dieses Leben, und es in seinen geheimsten Bedeutungen neu zu erobern, über dieses Leben zu lachen, mit ihm und über es zu lachen, wie er es macht, wenn auch in gräßlicher Weise... Vielleicht bin ich bloß ein armseliges, elendes Individuum, das mit dem kleinen, eingebildeten Häufchen seiner Vernunft weiterlebt und nicht einmal den schönen oder hinterhältigen Schwung genießt, der der Jugend eigen ist...

So dachte ich. Der Zug stürzte sich in die Nacht. Er schlief in seiner Ecke und hatte den Kopf gesenkt, der gelegentlich durch die Erschütterungen des Sitzes wackelte. Die rechte Hand lag im Schoß. Er hatte zuviel getrunken, bis kurz vor der Abfahrt, und dann ein paar Pillen geschluckt, sobald wir den Zug bestiegen hatten.

Heftige Pfiffe an der Spitze des Zuges durchbrachen die schwarze Stille der Nacht.

Ich sah ihn mir mit unendlicher Genauigkeit von oben bis unten an, bewunderte all die Narben und die Löcher in seinem Gesicht, den tadellosen Krawattenknoten, das schlanke Gelenk der rechten Hand und die biegsame Beschaffenheit seiner gekreuzten Knie. Die Fahrtbewegung vergrößerte das Maß seiner Anmut noch, indem sie ihn sanft wiegte. Ich entdeckte, wie sehr diese Anmut eine perfekte Hülle für die verzweifelte Furie bildete, die sich in ihr befand.

Ich beneidete ihn irgendwie für das, was er aus sich selbst gemacht hatte.

Doch dann kamen mir mit einem Schlag wieder einige seiner gemeinen Worte ins Gedächtnis, einige seiner verächtlichen Äußerungen. Und endlich verstand ich, wie komisch und auf geheimnisvolle Weise voll unterschiedlichen Widerhalls sie waren. Man mußte geradezu darüber lachen. Ich hielt mir den Mund zu, um das laute Lachen zurückzuhalten, das aus meiner Brust wollte.

Wer weiß, wie sein tagtägliches Leben in diesem Haus aussieht, dachte ich noch, mit der Cousine, dem Kater, dem Korridor, dem Whiskey im Schrank. Aber keine meiner Mutmaßungen schien mir wirklich zutreffend. Es gelang mir nicht, ihn mir vorzustellen, ihn zu sehen, in irgendeiner Straße oder auf einem Platz oder an der Turiner Uferpromenade. Vielleicht auch deshalb, weil für ihn diese Reise eine zeitweilige Flucht aus der Vorhölle von Gewohnheiten darstellte, die sich ineinander verkeilt hatten.

Es kam mir wunderbar angenehm vor, es nicht genau zu wissen.

Ich ging auf den Gang hinaus. Das dunkle Glas der Scheiben spiegelte mich in unscharfen Konturen wider. Ich lehnte mich an ein Fenster und versuchte die Nacht zu ergründen, eine schwarze Leere, die mitunter ganz plötzlich für Sekundenbruchteile durch dunkle Gemäuer, Masten, Schilder, vereinzelte Gitter unterbrochen und durch lebhafte Lichter zerschnitten wurde, sich aber anschließend sofort wiederherstellte.

In der Spiegelung des Fensters, an das ich meine Stirn drückte, erblickte ich meine dunkel glänzenden Augenlider, die Unebenheiten der großporigen Haut und nach jedem Augenaufschlag die schnell wieder erscheinende Feuchtigkeit in den Augen.

Und ich dachte an ihn, wie er im Hotel im Bett gelegen

hatte, ohne Brille, der violettfarbene, trockene und chaotische Fleck seines Gesichtes im Kontrast zum Kopfkissen.

Ich hatte etwas gegessen und mich damit abgefunden, daß ich die Uniform nicht mehr anziehen würde. Der neue Anzug würde mich darüber hinwegtrösten. Wegen meines überraschenden, geheimnisvollen Lachens von vorhin fühlte ich mich jetzt ausgesprochen wohl.

Ich dachte darüber nach, was ich ihm nachher oder in Rom Nettes sagen könnte. Vielleicht hätte eine besonders freundliche Geste sowohl ihm als auch mir geholfen. Mir fiel nichts Außergewöhnliches ein. Aber dieser deutliche Entschluß reichte bereits, um mich heiter zu stimmen.

Die Höflichkeit oder auch irgend etwas Geistreiches – das war es, woran ich mich halten mußte, um unsere Reise günstig zu beeinflussen.

Im Zug waren nur wenige Reisende, höchstens zwei oder drei in jedem Abteil, und fast alle schliefen. Eine einzige Frau am Ende des Wagens, alt, ein aufgeschlagenes Buch in der Hand. Der Geruch nach altem Staub, nach Türgriffen und anderen geschmierten Eisenteilen war nicht gerade angenehm. Zweimal noch würden wir vor Rom halten, um in den frühen Morgen hinauszutreten.

Ich vermied es, auf die Uhr zu blicken, und war zufrieden, mich im Gehäuse dieser Reise schwebend und geborgen zu fühlen, in den Vorstellungen an die Stadt, die uns erwartete, in dieser Stille, die von jeder Notwendigkeit befreite. Ich nahm mir vor, aus Rom mindestens zwei Karten nach Hause zu schreiben.

Nachdem ich mich umgedreht hatte, betrachtete ich ihn noch einmal, wie er unbeweglich in seiner Ecke saß, die rechte Hand auf dem linken Handschuh, das Kinn dem Schaukeln des Zuges gehorchend. Alles schien mir an seinem richtigen Platz, einer höheren Ordnung unterstellt.

Durch ein heftiges Rütteln des Zuges wachte er auf; seine Hand tastete sogleich nach den Zigaretten.

»Schau an, Ciccio. Immer noch munter?« gähnte er.

»Sie haben nicht lange geschlafen.«

»Ich habe mich geirrt: Vitamine statt Schlafmittel, verflixt. Ich muß zuviel getrunken haben.«

»Und wie«, lachte ich.

Auch er lachte und schluckte, um den Geschmack des Schlafes aus dem Mund zu vertreiben.

»Und du? Geschlafen?«

»Nein. Aber es geht mir gut. Ich habe auch etwas gegessen. Es sind nur wenige Leute da. Man hat dort seine Ruhe.«

»Wenn nicht sogar zuviel«, stimmte er zu.

»Bleiben wir lange in Rom? Es sind schon fast zwei Tage verflogen«, sagte ich.

Er seufzte. »Was weiß ich. Ein Cousin von mir ist Priester. Er schreibt mir ständig. Ich müßte ein Lebenszeichen geben. Schon an Pisa vorbei?«

»Noch nicht.«

Er zog wieder eine Grimasse, um Zunge und Gaumen zu ordnen.

»Einen Bonbon. Den hätte ich jetzt gerne. Da er aber fehlt...«, sagte er und zog den Flachmann aus der Tasche. Dann, ganz freundlich: »Zuerst du einen Schluck.«

»Danke.«

Sonnenstrahlen überkreuzten sich und teilten die dichte Dunkelheit. Pisa war möglicherweise schon nahe, ein anderer Zug kam uns entgegen und schickte grelle Farbblitze herüber.

»Einmal hatte ich ein Mädchen mit einem enormen Busen, richtige Kürbisse.« Er grummelte, als sei er mürrisch: »Wenn sie sich beim Schlafen umdrehte, versetzte sie mir regelmäßig K.-o.-Schläge mit einem ihrer Dinger. Kannst du dir vorstellen, was für ein Leben das war?«

Wir fingen beide an zu lachen. Er trank einen weiteren Schluck und reichte mir die Flasche. Als ich sie ihm zurückgab, steckte er sie nicht wieder in die Tasche.

»Und im Krieg, Afrika oder Rußland, das weiß ich nicht

mehr... Ein junger Leutnant, der jede Menge Pokerschulden hatte, meldete sich immer als Freiwilliger für die miesesten Unternehmen. Für jede Aktion gab es eine Prämie. Geld. Bar auf die Hand, falls man lebend wiederkam. Er krepierte vor Angst, aber ohne Poker wäre er noch mehr krepiert. Und so heimste er auch noch zwei Orden ein und wurde befördert.«

Der Zug fuhr langsamer, als wir uns Pisa näherten. Die Nacht machte Fetzen von Licht Platz, die schließlich immer dichter und zusammenhängender seitlich an uns vorbeizogen. In einem diesigen Tal kamen zwischen dem rötlichen Rauch einer Gießerei oder eines Zementwerkes immer wieder rauhe Hügelrücken zum Vorschein.

»Ach ja. So müßte es sein, das Leben«, seufzte er und ließ sich widerwillig sinken. Seine Lippen bebten leicht.

Der Herr, der in Pisa zustieg, hatte einen neuen Koffer. Er war groß und betagt, seine Haare waren weiß. Er setzte sich und deutete ein höfliches Lächeln an, bevor er in einer Zeitung zu blättern begann.

»Wir haben Besuch, Ciccio«, sagte er.

Der Herr blickte auf und versuchte hinter seiner Zeitung ein deutlicheres Lächeln.

»Ich habe gesehen, daß das Abteil fast leer war«, sagte er liebenswürdig. »Falls ich aber stören sollte...«

»Um Himmels willen«, lachte er, »machen Sie es sich ruhig bequem. Wollen Sie mit uns anstoßen?«

»Bitte?« flüsterte der andere.

Er streckte die Flasche aus.

»Ich wiederhole: Ob Sie mit uns anstoßen wollen. Sind wir nun in der Toskana oder nicht?« erwiderte er in demselben Ton.

»Ach, wirklich...«, sagte der Mann und musterte uns schnell. »Sehen Sie, mir scheint, Ihre Flasche ist mehr oder weniger leer. Danke. Ich möchte wirklich nicht...«

»Greifen Sie nur zu, bitte«, sagte er, ohne dem anderen einen Ausweg zu lassen. »Der Nachschub befindet sich im Koffer. Munition für den Mund. Nur Marken, die zwölf Jahre alt sind.«

Der Mann dankte erneut, nahm die Flasche, hielt sie einen Augenblick in der Hand, zwinkerte mir vorsichtig zu, als Zeichen der Verständigung und gab sie dankend zurück.

»Tatsächlich ausgezeichnet«, fügte er hinzu.

Er trank einen Schluck.

»Also gut. Ein Falschspieler«, urteilte er.

»Wie bitte, Signore?« fragte ich.

»Wir haben einen Falschspieler im Nacken. Jawohl. Vielleicht glaubt er, sich über uns lustig machen zu können. Nimm dich in acht, Ciccio«, lachte er traurig.

Der Mann zuckte ein wenig, reagierte aber nicht. Er blätterte weiter in seiner Zeitung.

»Laß ihn nicht entwischen, Ciccio. Sonst geht der Betrüger noch mit der Entschuldigung, wir seien betrunken.«

»Gut, Signore.«

Der Mann faltete unentschlossen mit betrübter Miene die Zeitung zusammen, tippte dann mit dem Finger an den Kopf und befragte meinen Blick.

Ich verneinte mit einem Kopfschütteln.

Nochmals mußte ich die Flasche entgegennehmen und die letzten Tropfen trinken.

Kaum hatte der Herr Anzeichen aufzustehen gemacht, als seine Rechte ihn packte und zum stillsitzen zwang.

»Aber mein Herr. Ich bitte Sie«, lachte er. »Sie werden es doch nicht ablehnen, mit dem hier anwesenden Wrack eine kleine Unterhaltung zu führen. Du, Ciccio, stellst dich an die Tür. Sei ein guter Junge.«

Ich schloß die Abteiltür und lehnte mich dagegen. Ich war ein wenig benebelt mit ich weiß nicht was für einem Drang im Körper, einem Drang nach Gelächter, Worten, Gebärden.

Der Mann machte sich darauf gefaßt, einiges zu ertragen. Sein Gesichtsausdruck, der zerflossener Butter ähnelte, sammelte sich.

»Sind Sie im Krieg gewesen?« lautete die Frage.

»Sicher, erst Äthiopien und dann...«

»Ich nicht. Bei mir war es nur der Frieden«, lachte er und hob ruckartig die behandschuhte Linke in Kopfhöhe. Schweißtropfen perlten auf seiner Stirn.

»Entschuldigen Sie bitte«, setzte der Mann an. »Ich respektiere Ihren Zustand selbstverständlich sehr. Ich möchte nicht, daß...«

»Meinen Zustand? Welchen Zustand? Habe ich einen Zustand, Ciccio?« wurde er unterbrochen.

»Ich will sagen: Ich verstehe. Glauben Sie mir. Ich bin alt genug, um die Welt kennengelernt zu haben und zu verstehen, daß...«

»Wer weiß, was für ein heimliches Schwein ein Italiener ist, der alt genug ist. Richtig? Alles aus einem Guß. Hoppla«, lachte er auf.

Das Lachen auf seinen Lippen gefror sofort und verwandelte sich in eine mitleiderregende Fratze.

Der Mann versuchte nochmals Hilfe zu finden, indem er zu mir herüberblickte. Ich zog die Schultern hoch und setzte ein gemeines Grinsen auf. Zu meiner Verwunderung gelang mir jede Geste mit großer Schlagfertigkeit und Niedertracht. Der Geruch des Whiskeys kitzelte meine Nasenflügel.

»Hören Sie, mein Herr«, fuhr der andere fort, »ich kenne Sie nicht, und es tut mir leid. Wenn Sie erlauben...«

»Keine Erlaubnis.«

»Ich wollte mich lediglich vorstellen«, reagierte der Mann sanft.

»Und ich beabsichtige nicht, Ihren unnützen Namen kennenzulernen. Wehe, wenn Sie ihn aussprechen. Bleiben Sie anonym. Es ist besser für Sie«, schrie er.

Der Mann gewann mit Mühe wieder eine Maske des Lächelns zurück und versuchte nun, dem Gespräch eine Wende zu geben: »Sehr gut. Sagen wir also so: Ich befinde mich in einem regelrechten nächtlichen Abenteuer. Ein wenig Unvorhergesehenes kann nie schaden.«

»Ciccio, der Herr verlangt nach Unvorhergesehenem«, sagte er. Und gleich darauf: »Sie, Anonymer, kennen Sie Ciccio? Bekannt als der Schrecken der sieben Meere.«

Er hatte sich ihm genähert, bis er nur noch ein paar Zentimeter von dem bleichen Gesicht entfernt war. Der andere setzte sich kerzengerade auf, um wenigstens ein bißchen Abstand wiederherzustellen.

»Ich bin betrunken, Exzellenz.«

»Aber das ist schon in Ordnung. Sehr gut«, faßte der Herr wieder Mut. »Jeder, wie er will. Das erleichtert. Ich sage immer…«

»Sie nicht. Sie sagen gar nichts. Sie können nichts sagen.«

Der Mann ließ sich erschöpft in den Sitz fallen und versuchte, einen winzigen Freiraum für sich zurückzuerobern. Er war verschwitzt, seine faltigen Augenlider zitterten unkontrolliert.

»Ich werde etwas sagen. Wissen Sie was?« drohte er. »Daß wir in einem miesen Land leben.«

»Miese Welt, wenn schon«, lachte der Mann schrill in einem Ausbruch der Erleichterung.

»Genehmigt. Aber vor allem mieses Land. Wo Typen eures miesen Schlages noch ungeschminkter herumlaufen als anderswo.« Er war außer Atem gekommen.

»Jetzt verstehe ich«, nickte der Herr. »Sie sind kein Italiener, und deshalb…«

»Ich nicht. Genau. Ich bin nur Turiner«, kam er müde zum Ende.

Das Kinn fuhr chaotisch hoch. Langsam schüttelte er die rechte Hand, bevor es ihm gelang, weitere Worte zu finden. Er verkroch sich in seiner Ecke.

»Hißt die Fahnen, damit sie den Gestank eurer Hände nicht riechen«, brachte er mit Mühe hervor.

Es schien, als habe er sich selbst erledigt.

Der Mann begann vorsichtig aufzustehen, nahm leise seinen Koffer und die Zeitung, trat in den Gang hinaus und verfiel sofort in einen hastigen Schritt.

Er reichte mir die leere Flasche und deutete auf seinen Koffer. Ich stieg auf die Sitze und wühlte alles wild durcheinander, bis ich den anderen Whiskey entdeckte.

»Hau ab, Ciccio«, hustete er. Die Finger beschäftigten sich unsicher mit dem Metallverschluß. »Geh anderswo hin, wo du ein paar normale Worte wechseln kannst. Gibt es denn niemals Mädchen in diesen verfluchten Zügen? Für dich, meine ich. Ich muß jetzt schlafen.«

»Wir haben uns amüsiert«, erwiderte ich.

»Was?« Für einen Moment hob er den Kopf. Sein Lächeln war verschwunden. »Stimmt.«

»Er ist schneller davongelaufen als ein Hase.« Ich versuchte es nochmals: »Wie der Kontrolleur gestern. Was die beiden wohl über diese Reise berichten werden?«

Er machte eine undeutliche Handbewegung, winkte ab.

»Öffne du.« Er streckte mir die Flasche entgegen.

»Wäre es nicht besser, wenn…«

»Bitte«, begann er augenblicklich zu jammern, »öffne sie. Das ist alles. Keine Predigt.«

Ich drehte den Verschluß auf und gab ihm die Flasche zurück. Er hielt sie mit der Hand gegen die Brust gedrückt.

»Bist du noch immer da? Weg. Weg. Ich muß versuchen zu schlafen. Sonst nichts. Pfeif darauf. Ich bitte dich.«

Ich zog mich auf den Gang zurück. Jede bösartige Kraft hatte meinen Körper verlassen, war verschwunden. Ein schaler Friede weichte Muskeln und Gedanken auf.

In Kürze würde die Landschaft weich und fließend werden. Vielleicht würde ich freie Pferde und langhörnige Rinder in diesem Landschaftsgemälde sehen. Und Strohhaufen auf sanften Hängen.

Das Wort *Rom* rollte mir auf der Zunge wie ein köstlicher, sättigender Happen.

Den Mut, mich umzudrehen und ihn da drin zu beobachten, hatte ich nicht mehr.

6

Das Unwetter entlud noch immer sein Wasser über uns, doch die Blitze und der Donner entfernten sich bereits. Aus dem Fenster des Hotels sah ich einen Parkplatzwächter, der in seinem provisorischen Umhang aus Cellophan geduckt im Laufschritt vorübereilte. Er stellte sich unter einen Torbogen, aus dem schon die Beine und Schuhe von anderen Leuten hervorguckten, die sich dort zusammengedrängt hatten. Ab und zu kam ein Mädchengesicht zum Vorschein, um die Lage zu erkunden, zu lachen. Die gelben Hauswände wiesen große Wasserflecken auf, das Straßenpflaster und eine asymmetrische Reihe von Dächern wurden hier und da von silberglänzenden, schlangenförmigen Schauern überzogen.

Ein bunter Sonnenschirm schwankte leicht auf einem Balkon hin und her, ein letzter Windstoß warf ihn um.

»Du hast mir noch nicht das Horoskop vorgelesen, Meister«, beklagte er sich vom Bett aus.

In dem grauen Licht enthüllte das Zimmer die ganze Altersschwäche seiner abgenutzten Vorhänge und der mittlerweile erblaßten Farben der Türoberlichter. Die Bettgestelle waren aus Eisen. Nach einem längeren, groben Telefongespräch hatte uns die Hoteldirektion eine schäbige Zwischenwand zugestanden, die sich jetzt zwischen den beiden Betten erhob und noch mehr Platz und Licht schluckte.

»Schwankungen im finanziellen Bereich, seien Sie vorsichtig in Geldangelegenheiten. Gefühle: Halten Sie jemandem, der Sie beleidigt, auch die andere Backe hin. Gesundheit: Psyche und Physis im Gleichgewicht«, las ich.

»Man sollte sie aufhängen«, brummte er. »Weiter: jetzt den Steinbock.«

»Große Ambitionen empfehlen sich nicht für Sie. Berechnen Sie den Aufwand sämtlicher Ideen, die ihnen in den Sinn kommen. Gefühle: Bleiben Sie ruhig. Gesundheit: Überarbeiten Sie sich nicht. Weshalb ausgerechnet Steinbock, Signore?«

»Für meinen Cousin, den Priester«, lachte er spöttisch. »Regnet es noch?«

»Fast nicht mehr.«

»Schade. Römische Gewitter dauern nicht lange. Warte unten auf mich. Laß ein Taxi rufen. Ich werde diesen Cousin schnell hinter mich bringen.« Er stieg aus dem Bett.

»Wäre es nicht besser, wenn ich hier warten würde?«

»Ach was. Ich kenne diesen Saustall seit einer Ewigkeit. Die verändern hier gar nichts. Nicht einmal die Löcher im Teppich. Geh runter.«

Der Teller mit seinen Brötchen war noch fast voll, die Flasche Saint Emilion dagegen leer.

Eine Gruppe alter Amerikanerinnen drängte sich auf dem Treppenabsatz des zweiten Stockwerks. Sie trugen Plastikhauben, und ihre Füße steckten ebenfalls in durchsichtigen Tüten. Sie lachten, als sie sich trennten und wieder von neuem zusammenscharten, um kleine Fläschchen, ein buntes Kopftuch und zwei bemalte Muscheln zu begutachten. Auch der Portier war alt. Riesig, wie er war, schien er sich mittels zweier unsichtbarer Krücken aufrecht zu halten. Mit einem Finger dirigierte er seinen Gehilfen, einen Burschen mit Schnurrbart, der in seiner neuen Uniform kantig wirkte.

Das Taxi ließ auf sich warten.

Als er herunterkam, ging ihm der alte Portier sogleich entgegen, die Arme wie Flügel erhoben. Sie gaben sich die Hand und schwatzten unter hastigem, leisem Gelächter miteinander.

Dann ging er hinaus, um die reingewaschene Luft zu schlucken.

»Der alte Schweinehund«, sagte er zufrieden. »Er ist mindestens hundert. Wenn du ihm gefällst, kannst du ihn um alles bitten. Ansonsten reicht kein noch so großes Trinkgeld aus.«

Hohe Wolken zogen über uns hinweg. Vom Straßenpflaster stieg der Geruch von Wasser und nassen Autoreifen empor.

Der Taxifahrer bog mit großer Geschwindigkeit in ein Sträßchen ab. Der Rohrstock klopfte auf seine Schulter.

»Wenn du nicht gerade Pfeffer im Hintern hast, dann fahr langsamer«, lautete die Ermahnung.

»Gewiß, mein Herr. Wie Sie wollen, immer zu Diensten«, lachte der Mann.

Er hatte einen großen, zahnlosen Mund, und seine Nakkenfalten quollen gewaltig über den Kragen.

Wir fuhren am Fluß entlang. Das trübe Wasser spülte kleine schaumige Wellen ans Ufer. Die Baumkronen wirkten noch schwarz von Regen. Nach einer Brücke überquerte das Taxi einen Platz und fuhr dann eine Straße hinauf.

»Ich hätte dich besser im Hotel lassen sollen. Oder spazierengehen. Was geht dich mein Cousin der Priester an«, bemerkte er.

»Ich komme aber gerne mit.«

»Ach was. De gustibus«, sagte er widerwillig. »Nicht, daß er unsympathisch ist. Jung ist er. Ein Ausbund an Gelehrsamkeit. Aber Pfaffe vom Scheitel bis zur Sohle.«

»Ein wenig Heiligkeit kann nie schaden«, versuchte der Fahrer einzuwerfen.

»Na toll.« Er beugte sich nach vorn. »Und weißt du, was ich dir sage? Daß wirklich jeder schäbige Italiener, der die Heiligkeit erlangen möchte, mit der Erlaubnis nach Rom kommen müßte, einen Römer zu erwürgen. Stimmt's?«

»So was«, lachte der andere verwirrt. »Meinen Sie die Minister oder wirklich die echten Römer?«

»Je nach dem. Wen es erwischt, den erwischt es.«

»Rom ist groß«, wehrte sich der Fahrer mit einem tiefen Seufzer.

»Groß und verlogen«, sagte er.

»Ich bin ungebildet und weiß das. Mit Ihnen kann ich nicht mithalten«, entgegnete der Taxifahrer und musterte uns im Rückspiegel. »Aber meine Ansichten, die habe ich. Und zwar anständige.«

»Sieh an, sieh an.«

»Genau. Aber ich habe gelernt, den Mund zu halten. Aus Anstand. Und deshalb reiße ich ihn nicht mehr auf.«

»Besser, den Mund zu schließen als die Augen, Chef«, erwiderte er, zu Eis erstarrt.

Wir verließen eine enge Straße mit windschiefen, grell gestrichenen Häusern, die durch schmale Gärten, einige Bäume und grell bemalte Gitterchen voneinander getrennt waren. Die Kirche im Hintergrund war niedrig und neu, aus hellem Stein, der Kirchturm winzig klein. Der Platz war ganz trocken, als habe es nicht geregnet.

»Wollen Sie wirklich, daß ich mitkomme? Ich könnte hier warten. Da ist auch eine Bar«, sagte ich.

»Bar? Wundervoll. Gleich einen Kaffee. Um unsere Stimme zu reinigen, bevor wir das Weihwasser trinken.« Er lebte auf. »Warum auf mich warten? Besser, wenn du mitkommst. Er könnte anfangen zu spinnen und mir die Beichte abnehmen wollen. Und wie ziehe ich dann den Kopf aus der Schlinge?«

Das taschentuchgroße Stück Garten hinter der Kirche machte einen absurden Eindruck mit seinen Kiesflächen, auf denen eigentlich Tomaten hätten wachsen können, und den unordentlich aufgestellten Töpfen voller Kakteen. An einer Mauer standen eine große bemalte Bank und ein Tisch aus Eisen. Eine volle Geranie wucherte mächtig über ihren Topf hinaus.

»Setzen wir uns hier hin«, schlug der Priester mit

Frank philosophiert über den Sinn seines Lebens

In einem Restaurant treffen die beiden die reizende Donna (Gabrielle Anwar)

Mit Donna legt der blinde Frank einen erstklassigen Tango auf's Parkett

schüchterner Geste vor, »hier ist es frischer. Habt ihr das Gewitter gesehen? Bei uns hat es allerdings nur zwei Tropfen geregnet. So ist es immer.«

Er war großgewachsen und dünn. Sie ähnelten sich.

Die ersten Fragen und Begrüßungen waren zusammen mit einigem schwachen Gelächter und plötzlicher Schamröte auf den Wangen des Priesters verflogen.

Er führte den Stock zwischen seine Knie.

»Heda«, sagte er. »Trägst du noch immer das Priestergewand?«

»Nein, nein«, beeilte sich der andere. »Ich habe auch einen Anzug. Aber den trage ich nur auf Reisen. Du weißt ja, wie das ist.«

»Nichts weiß ich«, erwiderte er. »Weshalb? Schämst du dich?«

Der Priester errötete wieder.

»Nein. Aber ich mache es wegen der Leute. Ich sehe noch jung aus, und sie würden schlecht über mich urteilen. Das vermeide ich lieber.«

Er wandte sich an mich und schloß die Augen halb: »Und du, nenn mich nicht Don oder Pater oder Hochwürden. Sag ruhig Fausto zu mir. Ja, ich heiße so wie er. Wir sind beinahe Zwillinge, weißt du? Und duz mich.«

»Immer langsam, was die Zwillinge angeht«, warf er ein. »Ich bin Wassermann und du bist Steinbock.«

»Aber es liegen doch nur ungefähr zwanzig Tage dazwischen«, lächelte der Priester.

»In eurem Kalender. Nicht in den Konstellationen.«

Der Priester lachte erneut, diesmal schwächer, die Hände verlegen ständig ineinander verschränkt.

»Zum Teufel. Wo finde ich dich wieder? Du hattest mir von einem Kollegium aus geschrieben, vor Monaten. Jetzt bist du wieder in eine Pfarrei zurückgekehrt, oder irre ich mich? Warst du nicht Student? Was ist passiert?«

Eine betagte Frau mit einem blumengeschmückten Hütchen kam über den knirschenden Kies auf uns zu und setzte das Tablett ab. Eine Flasche Wasser, drei Gläser mit einem Fingerbreit Minzesirup.

»Danke, Signora. Bis morgen. Danke für alles.«

»Ich habe alles so gemacht, wie Sie es befohlen haben, Hochwürden. Vorgekocht ist nichts. Wollen Sie, daß ich kurz im Milchladen Bescheid sage? Das geht im Nu«, sagte die Frau.

»Danke, Signora, das mache ich schon. Es ist nicht wichtig. Ist recht so. Einen schönen Abend. Bis morgen«, verhaspelte sich der Priester.

»Wer ist das? Der Hausdrache? Und du sagst ›Signora‹ zu ihr?« fragte er sofort neugierig.

»Still, mein Lieber«, flüsterte der Priester beunruhigt. »Sie ist eine gute Frau, die mir ein wenig zur Hand geht. Sie wohnt hier in der Nähe. Eine Haushälterin habe ich nicht. Ich muß alleine zurechtkommen.«

»Ein Hotel erster Kategorie. Kompliment.«

»Ach geh. Sei friedlich. Ich war es, der darum gebeten hat, wieder eine Gemeinde zu bekommen. Heutzutage muß man eher etwas tun und nicht nur denken.«

Er hatte eine tiefe und demütige Stimme, mit plötzlichen Hopsern und schrillen Tönen.

Wir tranken. Der Pfefferminzsaft schmeckte zu süß, und das Wasser war beinahe lauwarm.

»Ich höre die Hühner nicht.«

»Aber Fausto, was ist in dich gefahren?« lachte der Priester verstört. »Welche Hühner?«

»Pfarramt bedeutet auch Hühner. Zumindest Haushälterin und Hühner, nicht wahr?« beharrte er. »Und hier höre ich keine. Wohin haben sie dich bloß gejagt? Bist du hierher strafversetzt?«

»Ich habe dir doch soeben gesagt, daß...«, antwortete der Priester, ergab sich aber sogleich in ein Seufzen.

»Schön hier«, versuchte ich vorzubringen.

»O ja«, ereiferte sich sofort mein Gegenüber. »Und am Abend habe ich ganz Rom unter mir. Eine Aufführung, über die man sich niemals zu wundern aufhört. Oh, entschuldige, Fausto.«

»Was soll ich entschuldigen«, lautete die gelassene Antwort. »Ich pfeife auf Rom. Für mich ist das die Hauptstadt der Türkei.«

»Immer derselbe«, lachte der Priester mit einer Hand vor dem Mund. »Wie freue ich mich, daß du hier bist. Gott segne dich, du bist wirklich immer derselbe.«

»Du dagegen nicht. Du hast etwas angestellt. Darauf wette ich. Mir könntest du es ruhig sagen. Sie hätten dich doch sonst nicht vor die Tür gesetzt, hier lebendig begraben.«

»Vor die Tür gesetzt? Begraben? Wieso?« fragte der Arme ängstlich mit schwacher Stimme. »Mir geht es gut hier. Endlich geht es mir gut. Ich bin nützlich. Man kann studieren und noch mal studieren, aber das ist nur Ehrgeiz. Die Probleme bleiben, die Menschheit wartet noch immer. Also ist es dringlicher, daß man sich für den Nächsten nützlich macht. Entschuldige, ich kann es nicht richtig erklären.«

»Ich erkläre es dir. Denn du redest wirklich Blödsinn. Nützlich sein. Menschheit. Der Nächste. Altjungfernlaunen sind das. So gesehen könntest du auch als Pfaffe auf dem Land enden. Aber so ein richtiger Pfaffe mit Wampe, in einem Bauernhaus, den Dachboden voller Würste und so weiter.«

Der Priester verbarg sein Gesicht in den Händen, um wer weiß welche Müdigkeit zu vertreiben.

»Willst du etwas wissen, Fausto?« Und mit gedämpfter Stimme sagte er dann: »Ich beneide dich. Ich habe dich immer beneidet. Du redest, um zu lästern. Aber ich denke, daß du Glück hast, weil dein Leid bei dir ist, jede Minute. Es regt dich an. Unterbrich mich, bitte, laß mich nicht weitersprechen.«

»Im Gegenteil, fahr fort«, atmete er tief durch, »sprich, sprich!«

»Trifft es dich wirklich nicht? Ich möchte nicht... Wenn du wüßtest, wie oft ich in diesen Jahren darüber nachgedacht habe.«

Hinter den erhobenen Händen zitterte er ein wenig und bearbeitete unbewußt die Wangen und die Schläfen.

Ich dachte darüber nach aufzustehen. Aber der Kies hätte es mir nicht erlaubt, mich mit der gewünschten Lautlosigkeit zu entfernen.

»Los. Sprich«, lachte er ruhig, »mich kann nichts mehr beeindrucken. Wenn du schon dabei bist: Sprich endlich.«

»Sag nicht so etwas«, entgegnete der Priester traurig. »Ich kenne dich. Du versuchst, dich mit diesem Hochmut zu verteidigen, statt dessen aber...«

»Statt dessen? Nur Mut.«

»Ich weiß nicht. Ich weiß nichts mehr«, schien der andere sich zu ergeben.

Er war leichenblaß. Im Schatten seiner Augenhöhlen sah ich kleine Adern vibrieren.

Die Stimme platzte heraus, als versuchte sie, sich selbst zu überzeugen.

»Mir scheint, daß das Kreuz, das du zu tragen hast, dich erleuchtet. Daß es der Sinn deines Lebens ist, sein kann. Die Grundlage des Heils. Du, du bist gerettet. Darum beneide ich dich. Weil dir schon verziehen worden ist. Ich beneide die Verrückten, die Idioten, die Kranken, die unschuldigen Kinder. Nur sie können verstehen und sehen. Mehr als ich.«

Er hatte eine Zigarette angezündet und rauchte, indem er sie zwischen den Lippen wippte.

»Glaubst du an den Teufel, Cousin?« fragte er sanft.

Der Priester zuckte leicht mit den Schultern. Seine Hände lösten sich von den Schläfen, um die Augen zu reiben.

»Du weißt es nicht. Tja«, fuhr er fort, ohne die Zigarette aus dem Mund zu nehmen, das Profil wie versteinert. »Du solltest aber an ihn glauben. Solange die Welt vor dem Teufel Angst hatte, war alles anders. Es gab gute und schlechte Dämonen. Räuber und Gendarm also, die alte Geschichte. Rede ich Unsinn? Mit dem Ende der Bösen haben auch die Guten ihr Gesicht verloren. Der Teufel verschwindet, und sofort verschwinden auch die Wunder. Oder irre ich mich?«

»Gut, Fausto, gut«, murmelte der Priester.

»Du wirst sagen, daß ich wie ein Bauer argumentiere, aber...«

»Gerade das sind die schwierigsten Argumente. Sie lassen einen sich schlecht fühlen«, wehrte sich der andere.

»Wenn du mich doch so sehr beneidest, kann ich dir helfen. Im Hotel habe ich eine Pistole«, lachte er süßlich.

»Ich bitte dich.«

»Bestimmt ist es ein Glück, blind zu sein«, gab er zu, wobei er starrsinnig auf jedem einzelnen Wort herumtrampelte. »Weißt du, warum? Weil man sich nichts mehr vorstellt. Zumindest mir ist es so ergangen. Ich stelle mir nichts mehr vor, und ich erinnere mich an nichts mehr. Schöner Vorteil. Fast ein teuflischer Vorteil. Könnte ich jetzt auf der Stelle die Welt wieder sehen, sähe ich nur Steine und Wüsten. Noch nicht einmal Bäume oder Tiere. Ich selbst bin auch ein Stein. Bin ich aus diesem Grund deiner Meinung nach gerettet, wird mir deshalb vergeben? Hör zu: Manchmal ist meine Dunkelheit glücklich. Ich schwöre. Es geht mir ausgezeichnet damit. Selten, aber es kommt vor. Es ist schwer zu erklären. Oh, Schluß jetzt. Siehst du, daß auch ich darüber nachgedacht habe? Eine Bombe ins Gesicht war nötig, um einen Hauptmann zum Denken zu bringen. Rede ich zuviel? Aber du: Wenn du einen so großen Willen hast, zum Märtyrer zu werden, raff dich auf und geh nach Afrika. Die Welt ist voller Afrikas und Klapsmühlen. Extra gemacht, um eure gequälten Seelen zu retten und zu trösten.«

Mit einer Bewegung der Lippen schnippte er den Zigarettenstummel davon.

»Mein Afrika ist hier. Hier ist meine Klapsmühle. Man

muß nur wissen, wie es läuft. Sich umsehen. Wenn du wüßtest... Laß mich nicht weiterreden. Ich darf nicht so weich werden«, stöhnte der Priester.

Vorsichtig versuchte ich, mich auf der Bank umzudrehen, um ihn wenigstens einen Augenblick lang nicht sehen zu müssen. Über uns der klarste Himmel in fast fluoreszierendem Blau. Das Rauschen der fernen Stadt war kaum wahrnehmbar.

»Warum kommst du nicht mit uns nach Neapel? Schließ ab und verschwinde für zwei oder drei Tage«, sagte er.

»Ich kann nicht.«

»Aber ja. Wir werden feiern. Und ich liefere dir sogar das moralische Alibi. In Neapel wartet ein Freund auf mich. Weißt du, der, der den Unfall mit mir zusammen hatte. Auch er zu einem alten Maulwurf herabgesunken. Komm. Tröste uns. Du hältst uns eine Predigt. Du kümmerst dich um unsere Sünden. Und wir machen es wett mit Nudeln und Miesmuscheln. Ist das eine Idee? Entscheide dich.«

»Es geht nicht. Ich kann hier nicht weg.«

»Messe und Beichten?«

»Bitte, sei still. Laß uns nicht über diese Dinge reden. Die Beichten sind für mich tödlich«, wehrte der Priester ab.

»Sieh an. Und ich hielt sie immer für lustig.«

»Schluß, Fausto, ich bitte dich.«

Er stieß irgendeinen Kehrreim durch die Zähne aus und steckte sich eine weitere Zigarette an.

»Na gut, verstanden.« Dann sagte er: »Ich dachte, ihr wäret mittlerweile alle modern, aufgeweckt. Und jetzt das. Du leidest und hast eine mystische Seele nach mittelalterlichem Vorbild. Versuch wenigstens, nicht allzuviel nachzudenken. Man wird dadurch zur reißenden Bestie. Gibt es hier keinen Gemeindesaal? Kinder, die zur Katechismusstunde kommen, zum Ballspielen? Was auch immer, diese Sachen eben, die ihr als Priester so macht.«

»Noch nicht. Es ist ein neues Stadtviertel.« Der Priester richtete sich ein wenig auf.

»Du könntest unterrichten.«

»Habe ich probiert. Im Oktober mache ich vielleicht damit weiter«, antwortete er mit anstrengender Nüchternheit. »Und du? Was wirst du machen, wenn der Wehrdienst zu Ende ist? Heiratest du?«

Er sah mich an, als würde er die Vertraulichkeit von vorhin bereuen. Die klaren Augen weiteten sich, um seine Schüchternheit zu überwinden.

Ich hatte keine Zeit zu antworten.

»Ciccio ist frei. Mit Sicherheit. Heutzutage träumen sie von nichts anderem. Soviel Freiheit. Aber wer weiß, wie sie sich eine Freiheit ohne Geld vorstellen.« Er blies eine Rauchwolke aus.

»Wenn du frei bist, bist du einsam«, rezitierte der Priester, ohne mich weiter anzusehen. »Heirate, Junge. Sobald du kannst. Es ist noch immer die heiligste Sache. Das Leben, es ist göttlich.«

»Und wer zuviel lernt, der wird verrückt. Das sagten unsere Alten«, machte er sich lustig.

»Dein Vater. Welch ein feiner Mann. So aufrecht«, strahlte der Priester voller Zärtlichkeit.

»Aufrecht bis zum Gehtnichtmehr, doch mit was für einer Dosis Gemeinheit im Leib. Ich bitte dich«, wurde ihm umgehend erwidert. »Ich erinnere mich an einen bestimmten Tag. Zehn werde ich gewesen sein. In die Apotheke kam eine Frau. Sie war vergrämt, aufdringlich und mißtrauisch, wie es nur gewisse Bäuerinnen sein können. Sie sagte zu meinem Vater: Dottore, das Kind ißt nicht mehr, es spielt nicht mehr, lacht nicht, will nichts mehr. Was soll ich nur tun? Fieber hat es zwar nicht, aber gibt es für solch einen Fall nicht doch irgendeine Medizin? Und mein Vater, ganz barsch, die Daumen in die Weste gesteckt: Es lacht nicht, ißt nicht, will nichts, spielt nicht? Oh, was für ein seltsames Kind. Werfen Sie es schleunigst unter einen Zug.«

»Fausto«, schluckte mitleidsvoll der Priester und versuchte, nicht zu lachen.

»So ist es. Alles andere als eine Geschichte. Aber Schluß damit. Hast du nicht etwas Hochprozentiges? Irgendwas. Dieser Pfefferminzsaft – ich wette, davon bekomme ich Depressionen.«

Er stand auf, wir an seiner Seite, ich wie immer darüber erstaunt, daß er sich im Nu zurechtfand. Er erinnerte sich an den Kies; sein Stock, zu Entdeckungen bereit, tastete die Ecke mit dem Geranientopf ab.

Der Priester wollte uns bis zum Platz begleiten.

Die Dächer und Steine der Häuser begannen, sich in einem ersten, ganz schwach violetten Schatten zu vermischen.

»Gleich dahinten, ein Taxistand«, riet uns diese schwächliche Stimme.

»Schreibst du nicht mehr deine kleinen Artikel?« stellte er ihn nochmals zur Rede. Der Stock kreiste wie verloren durch die Luft. »Ich habe sie niemals lesen können, offensichtlich nicht. Aber ich weiß, daß sie dir viel bedeuteten. Die Zeitschrift kommt seit einiger Zeit auch nicht mehr. Die bigotte Cousine kann es nicht begreifen. Für sie bist du einfach ein Genie.«

»Nein. Es reicht. Vorbei«, erwiderte der andere stokkend. »Es waren nur Eitelkeiten, Armseligkeiten.«

»Oder sie haben sie dir zensiert.«

»Was du schon wieder denkst«, sagte der Priester beschwörend mit einem Flüstern und blickte verloren über den verlassenen Platz. »Es war Ehrgeiz. Anmaßung. Ich glaubte zu wissen. Dann habe ich verstanden.«

»Das heißt: Einer deiner Bischöfe hat dich liebenswürdigerweise erleuchtet. Auf Teufel komm raus.«

»Um Himmels willen. Sei nicht so gemein.«

»Warum nicht? Das kann ich so gut. Oh, verdammt«, erregte er sich, »ich setze dich als meinen Erben ein. Wenn ich mein Geld nicht zuvor verprasse, was absolut sicher ist, werden einige Groschen für dich übrigbleiben. Dann kannst du deine Kutte hinschmeißen.«

»Fausto, barmherziger Himmel…«

»Wenn die Kutte erst einmal hingeschmissen ist, was entdeckt man da?« fuhr er unversöhnlich fort. »Daß du bloß der milliardste Fall von Hysterie und Erschöpfung bist. Richtig?«

Ich sah den Priester an und schämte mich ein bißchen. Diese in Falten schmerzlicher Ungeduld geworfene Stirn. Er blickte uns nicht mehr an, seine Augen waren in die Ferne gerichtet.

Ich verstand, daß er mit allen Kräften, die ihm noch verblieben waren, nur das Eine wünschte: uns verschwinden zu sehen.

Er streckte mir drei schwache und feuchte Finger entgegen, ohne meinen Händedruck zu erwidern.

Lau und schweigsam ihre Umarmung.

»Ist er weg?« knurrte er unmittelbar darauf und zerteilte die Luft mit dem Rohrstock. »Dringend einen Whiskey. Doppelte Dosis. Verdammter Ciccio. Du hast den Mund nicht aufgekriegt. Schöne Hilfe.«

»Er tat mir so leid.«

»Leid? Schon. Aber was für ein Tölpel.«

Wir gingen über den Platz geradewegs auf die Bar zu.

»Heute abend müssen wir gut essen«, hatte er entschieden, nachdem wir in der Stadt über Plätze und durch Grünanlagen spazierengegangen waren.

Zwischen Bäumen waren wir stehengeblieben, um dem Hufschlag der galoppierenden Pferde einer Rennbahn zu lauschen. Ein blondes Mädchen war nur einige wenige Zentimeter von mir entfernt vorübergeritten und hatte dabei ihrem mit Schaum bedeckten Tier glücklich die Peitsche gegeben.

Jetzt gingen wir eine breite Straße voller Cafés und Restaurants hoch, die ich ihm genauestens nacheinander beschrieb, wobei ich auch nicht die Lichter vergaß, die Jakken und die Blicke der Kellner, die Gesichter und Oberkörper derer, die bereits an den Tischen Platz genommen hatten.

»Am Ende, an der Ecke, da müßte eine Bar sein. Mit großen, bequemen Sesseln. Hundertdreißig Sorten Whiskey. Ein Paradies«, lachte er friedlich.

Wir hatten uns in einer Woge von Trägheit dem Schritt der Menschenmenge auf dem Fußweg hingegeben. Das Übermaß an Himmel, an Farben, das unübersichtliche, üppige Getriebe in einem entfernten Park – all das ging mir unter die Haut, so daß ich mich munterer und unternehmungslustiger fühlte.

Ich entdeckte die Bar, die ruhig und schlicht war und über genau die Sessel verfügte, von denen er gesprochen hatte. Er aber wollte sich ins Freie setzen und vergnügte sich damit, mit einem alten Kellner über verschiedene Maße von Destillierkolben zu fachsimpeln. Mit nachsichtigen und ironischen Worten wurden allzu viele Kapriolen ausgeschmückt.

Schließlich sagte er: »Weg von hier! Keine blöden Restaurants heute abend. Eine schmuddelige Trattoria. Mit Gitarren. Das paßt.« Er freute sich darüber und hob sein Glas.

Ein schmales Lächeln auf den Lippen ließ ihn wie ein Bildnis vergangener Zeiten erscheinen.

»Denken Sie tatsächlich, daß Sie ein Stein sind? Sie sagten das vorhin«, stellte ich sein Zutrauen auf die Probe.

»Ach was. Ich denke nie. Das ist das ganze Geheimnis: an nichts denken und lachen. Alles ist immer nur ein großes Gelächter. Werde mir bloß nicht lästig, Ciccio.«

Mit einer umständlichen, hochmütigen Geste schüttelte er die Zigarettenasche ab.

»Wollten Sie wirklich zusammen mit Ihrem Cousin, dem Priester, nach Neapel?« fragte ich weiter.

»Um Gottes willen, das habe ich nur so gesagt. Wer bin

ich denn? Eine mildtätige Einrichtung?« Gierig trank er sein Glas leer: »Um wirklich eine gute Tat zu vollbringen, müßte ich ihm doch eine Kugel in die Rübe jagen. Mit absoluter Sicherheit. In dem Zustand, in dem er sich befindet, der arme Kerl, wäre es für ihn eine Erlösung. Glaubst du mir nicht?«

»Nein, Signore.«

Ich war bereit, sein Lachen zu ertragen oder wer weiß welchen Hohn, doch er reagierte statt dessen mit einem seltsam gelehrten Klang und einer Vorsicht in der Stimme.

»Du hast recht. Vielleicht ist alles ja auch nur ein Trick. Nicht, daß er schauspielert, der arme Hochwürden. Bluffen kann der nicht. Trotzdem sind seine Leiden erfunden. Du wirst doch wohl nicht an die Seele glauben. Ob es sie nun gibt oder nicht: Bestimmt ist es nicht die Seele, die Schmerzen bereitet.«

7

Es war Sonntag. Sein Entschluß, die Abfahrt auf den kommenden Tag zu verschieben, verwunderte mich nicht. Hustend stand er über das Waschbecken gebeugt. Ich las mit lauter Stimme die Zeitung. Zuerst die großen Überschriften, das Horoskop und dann die preiswerten Anzeigen in der Rubrik ›Ästhetik und Hygiene‹, wo die Telefonnummern der Prostituierten aufgelistet waren. Bei bestimmten übertriebenen Adjektiven, Anspielungen auf Luxus und Entspannung richtete er sich vom Waschbekken auf, Opfer eines röchelnden Gelächters, das sofort von neuen Hustenstößen überwältigt wurde.

Für einen Moment kam er herüber, halb versteckt hinter einem großen Handtuch, um mir zu sagen: »Keine Angst. Ich bin heute nicht in Stimmung. Du wirst nicht zu schlechter Gesellschaft verleitet.«

Er war ungewöhnlich schamhaft und zog sich sogar ins Bad zurück, um das Hemd zu wechseln. Geschickt gelang es ihm immer, den hüllenlosen linken Arm zu verdecken. Und die Krawatte: mit drei Bewegungen gebunden.

»Wollen Sie nicht, daß ich noch mehr vorlese? Politik?«

»Was geht mich die Politik an? Können die mir vielleicht das Ende der Welt garantieren? Nein. Also stopp.«

Aus dem Badezimmer diktierte er das Morgenprogramm: vor allem ein Friseur, dann zu Fuß bis zum Zoo, anschließend Suche nach einem Restaurant im Freien.

»Vorausgesetzt, daß uns nicht eine gesungene Messe dazwischenkommt. Du magst das nicht? Ich finde so etwas einfach vollkommen. Auch ohne es zu verstehen.«

Ich hatte zu lange geschlafen, die warme, stehende Luft hinderte mich daran, mich von der Schwere zu lösen. Die

Säure des Weins, den ich bis spät in die Nacht in der Trattoria getrunken hatte, reizte meinen Magen.

Draußen brannte stark die Sonne. Die Steine warfen zuviel Licht zurück. Die Umrisse eines Hauses flimmerten schmerzhaft in meinen Augen. Das Verlangen nach Rom, diese überreichliche Fülle, die ich am Abend zuvor genossen hatte, wirkte in meinem Körper wie ein Gift der Müdigkeit.

»Lauf schon. Herrgott. Los, Junge. Halte dich aufrecht. Du siehst aus wie ein Lappen«, feuerte er mich an.

Der Weg erstreckte sich gradlinig vor uns, von der Sonne beschienen, fadenförmige Bäume entlang der Fußwege. Es war nicht viel los, nur wenige junge Leute mit heiseren, ironischen Stimmen, die vor einem Café herumhingen. Die Häuser sahen alle gleich aus, die Fenster verrammelt. Mehrmals ertönte der Rohrstock fröhlich auf den Rolläden.

»Und ich beschwere mich über Rom. Dumm wie ich bin. Alles reiner Neid. Rom paßt in eine Hand. Hörst du? Türkisch oder nicht. Was für ein Tag. Auf mit dir«, sagte er schwungvoll.

Er hatte sich vor dem Löwenkäfig aufstellen wollen. Schwache Windböen fegten den Staub von den Wegen. Hinter einigen Büschen tauchten die Linien größerer Käfige auf, eine Pinie. Vögel zeterten mit rostiger Stimme.

Er witterte angestrengt.

»Was macht er? Schläft er?«

»Ab und an öffnet er ein Auge«, entgegnete ich.

»Er stinkt gar nicht«, meldete er sich wieder zu Wort. »Dabei gefällt den Tieren und mir gerade der wilde Geruch am besten.«

Er stieß mich mit dem Ellbogen an und reichte mir den Stock.

»Versuch mal, ihn aus der Ruhe zu bringen. Damit er sich ärgert. Herrje, er soll ein Lebenszeichen von sich geben«, kommandierte er irritiert.

Ich streckte den Stock aus und führte ihn bis wenige Zentimeter vor die Gitterstäbe. Der Löwe öffnete müde den Rachen, ohne auch nur einmal zu fauchen. Die obere Lefze fiel sachte wieder über die Reißzähne. Er senkte die Schnauze und blinzelte.

»Es interessiert ihn nicht«, sagte ich.

»Elende Welt. Ich wette, sie stopfen ihn hier mit Pillen voll. Wahrscheinlich werden sie auch seine Flöhe mit irgendwelchen Pülverchen umbringen«, erregte er sich und stampfte mit dem Fuß auf. »Deshalb liegt er da rum wie ein Blödmann.«

Niemand sonst befand sich auf dem Weg. Von weit her reichte Kindergeschrei herüber, das sich mit dem Gebrüll der Seehunde vermischte. Ein gelber Luftballon erschien hinter der Baumreihe und tanzte in der Sonne. Ich hob die Arme, reckte sie und stieß einen Schrei aus. Der Löwe blickte gelangweilt weg.

»Um wieviel Uhr ist Fütterung?«

»Da steht: halb zwölf.«

»Spät. Ich will ihn jetzt hören. Sofort«, protestierte er.

Er versetzte der hölzernen Abtrennung zwischen uns und dem Käfig einen Tritt. Ich versuchte nochmals, mich vorzubeugen. Der Löwe legte mit großer Wonne die Hinterpfoten bequem zurecht, der Kopf regungslos, der Blick ins Unendliche gerichtet.

»Groß?«

»Groß, ja. Ein Männchen. Mit schwarzer Mähne. Aus Kenia. Er heißt Sam.«

»Dir werde ich's zeigen, Sam«, murmelte er.

An der Ecke der Abtrennung befanden sich zwei Schilder mit Beschreibungen und Warnhinweisen.

»Dich werde ich schon auf Trab bringen, Sam«, drohte er ihm mit zusammengebissenen Zähnen an.

Er beugte sich ein wenig nach vorn, die rechte Hand umfaßte das Geländer der Absperrung, und zeigte ihm die Prothese.

Der Löwe löste den Blick von seinem fernen Ziel und starrte ihn mit einem ersten kurzen Atemzug an.

Aus der Tiefe seiner Lungen stieß er seinen Atem aus, der sich keuchend in die Länge zog. Die schwarze Brille blitzte kurz im Licht auf.

Mit einem Satz sprang der Löwe gegen das Gitter. Seine Mähne war borstig, er brüllte, Strohhalme hingen an seinem ausgeprägten Bauch. Die Krallen peitschen wild durch die Luft, um mit einem kreischenden Geräusch vom Gitter aufgehalten zu werden.

»Ein Freund. Hast du gesehen?« Er war sogleich zufriedengestellt und reagierte mit einem zustimmenden, glücklichen Nicken auf das Gebrumme des unruhig auf und ab gehenden Tieres.

»Riechst du? Jetzt ist auch der Geruch da«, schnüffelte er.

Der Löwe drehte sich zwei-, dreimal um sich selbst und stieß einen Seufzer aus, bevor er sich in die hinterste Ecke des Käfigs legte, die Zähne noch immer entblößt.

»Gehen wir.« Er hakte wieder seinen Arm ein. »Bestimmt ärgern sich die Gorillas mehr. Die übertrifft keiner.«

»Du: Spaghetti. Dann gefüllten Tintenfisch. Ich Fleisch. Fleisch dient dem Whiskey als Schwamm«, entschied er.

»Ich habe noch nie Tintenfisch gegessen«, wandte ich ein.

»Ein Grund mehr, es zu tun. Hast du Hunger?«

»Ja, Signore.«

Das Restaurant lag an einer Ecke des Platzes, eingerahmt von einer schmalen grünbewachsenen Umrandung. Ein fetter, verschwitzter Kellner lief mit sparsamen Bewegungen zwischen den einsamen Tischen hindurch. Die Hitze stand regelrecht in der Mitte des Platzes, rötliche Pünktchen flimmerten mir vor den Augen.

»Und nachher? Was würdest du gerne machen?«

»Mir ist alles recht«, antwortete ich.

»Willst du alleine etwas unternehmen? Ins Kino gehen?«

»Ich weiß noch nicht, Signore.«

»Guter Ciccio. Die geborene Nervensäge. Nie eine eigene Idee. Bloß nichts entscheiden, he? Los doch. Es ist Sonntag. Sei geistreich, oder ich züchtige dich diesmal.«

Ich fuhr auf, als er sein Glas heftig auf den Tisch niedersausen ließ und diesen zum Erzittern brachte.

Ich sah, wie er sich anspannte, als sei er auf der Hut, vom Kinn bis zur Stirn völlig versteift. Mit der Rechten zeigte er irgendwohin, aber erst nach einer guten Minute gelang es mir, das entfernte Klicken wahrzunehmen.

Auf der anderen Seite des menschenleeren Platzes tauchte ein alter Blinder mit einem weißen Stock auf. Sein Oberkörper war aufgerichtet, doch die Beine wirkten unsicher. Er trug einen Strohhut und eine Halskette aus bunten Losen, die bis zur Taille reichte. Unter dem Arm hatte er einen zusammengeklappten Stuhl. In der weißen, steinernen Leere bewegte er sich vorwärts wie eine Fliege in einem umgestülpten Glas.

»Hast du ihn gesehen?« fragte er eisig.

»Ja.«

»Ja – was? Deutlicher. Was macht er?«

Ich beschrieb ihm den Mann. Unterdessen hatte er eine Ecke erreicht und tastete mit Vorsicht umher. Zwei- oder dreimal klopfte er mit dem Stock auf das Pflaster vor ihm, doch nur leicht, ohne Geräusche. Unbeweglich blieb er stehen und begann dann, eine halbe Drehung zu vollführen. Sein Gesicht und die Brille wurden von der Sonne beschienen, der abgenutzte Hut schützte nicht einmal mehr seine Stirn.

»Anständig gekleidet?« wollte er wissen.

»Ziemlich.«

»Und was macht er jetzt? Bewegt er sich? Geht er fort? Sprich. Verflixt. Schlaf nicht ein.«

»Er setzt sich hin. Er hat den Klappstuhl geöffnet. Jetzt sitzt er. Er steckt eine Zigarette an.«

»Gott verdammt.«

Der Kellner beobachtete uns. Er machte eine Bewegung

auf uns zu, als wollte er uns etwas sagen, ließ es dann aber bleiben.

»Los doch«, begann er wieder äußerst nervös. Noch immer fluchend, zog er einen gefalteten Geldschein heraus. »Kauf ihm die Lose ab. Bis zum letzten. Beeil dich. Mach, daß er verschwindet.«

»Wie soll ich ihm das denn sagen?« fragte ich verwirrt.

»Nimm und zahle. Klar? Und dann machst du deinen Mund auf und redest. Schläfst du denn sogar im Stehen?«

Ich erhob mich schnell und sah mit Überraschung, wie mich der Kellner in der Mitte des Platzes einholte und neben mir herlief. Gesenkten Hauptes überquerten wir diese Wüste, er schnaubte einige sinnlose Worte über die Hitze, die tote Zeit des Sonntags.

Er war es, der mit dem Blinden redete, während ich ein paar Schritte weiter mit dem Geld in der Hand wartete. Der Alte hatte ein schneeweißes Gesicht, die Lippen zu einem übertriebenen Lächeln bereit. Der Kellner half ihm dabei, den Stuhl zusammenzuklappen, erleichterte ihn von der Kette mit den Losen und steckte ihm das Geld in die Tasche. Dann geleitete er ihn an der Mauer entlang, wobei er ihn gutmütig aufzog wegen dieses unverschämten Glücksfalles. Der Blinde lachte verstört. Nach einigen Metern blieb er stehen, das Gesicht der Sonne und dem Grün des gegenüberliegenden kleinen Restaurants zugewandt, und lüftete den Hut zu einem gemächlichen, förmlichen Gruß.

Schweigend kehrten wir an den Tisch zurück.

»Das war nett von Ihnen, mein Herr. Eine gute Tat«, sagte der Kellner. »Der Arme ist zweimal gestraft, wenn ich so sagen darf. Wenn er ohne Geld nach Hause kommt, verhaut seine Frau ihn mit dem Stock.«

»Aber nicht doch«, lachte er zufrieden.

»Ein Biest von einer Frau«, fügte der Kellner hinzu und tupfte sich mit einer Serviette den Schweiß ab, »sie kümmert sich um ihn, zieht ihn an, aber wenn er sich nicht sein tägliches Brot verdient, hagelt es Schläge. Sie wohnen hier hinten. Wir kennen die beiden gut.«

»Und er? Reagiert er nie darauf? Steckt er nur ein und bedankt sich?«

»Er reagiert schon. Der arme Mann. Mit der Flasche«, lachte der Kellner leise. »Er schafft so um die sieben bis acht Liter täglich. Wissen Sie, jetzt geht er natürlich nicht nach Hause. Wenn er zu früh erscheint, schickt sie ihn mit neuen Losen fort. Es ist der Geiz, der sie verzehrt, denn wirklich elend geht es ihnen eigentlich nicht. So geht er dann eben in die Kirche. Um in der Kühle zu schlafen. Er ist ein Schlaumeier. Nach dem Abendessen taucht er hier wieder auf.«

»Und trinkt dann wieder«, vergnügte er sich.

»Wenn er ankommt, ist er schon voll. Den Wein verbietet ihm die Frau nicht«, fuhr der andere fort. »Damit hält sie ihn nämlich an der Kette. Wie auch immer: Eine gute Tat haben Sie vollbracht. Bei dem, was heute alles in der Welt geschieht.«

Er hielt inne und blickte uns lange mit der eindeutigen Absicht an, unser mögliches Verwandtschaftsverhältnis zu ergründen.

»Ich gehe jede Wette ein. Früher oder später wird er sie um die Ecke bringen«, sagte er.

»Die Frau? Glauben Sie?« sammelte sich der Kellner.

»Wir sind bösartig. Wir Blinden.«

Der andere setzte ihm ein ruhiges Lächeln entgegen.

»Sagen Sie so etwas nicht, mein Herr. Es genügt zu wissen, daß es Gottes Wille ist. Bösartig, warum denn? Bösartig sind nur die Ignoranten. Möchten Sie hinterher einen guten Kaffee? Einen ausgezeichneten, wie es sich gehört? Ich bediene Sie.«

»Steck diese Lose irgendwohin. Meinetwegen auch unter die Tischdecke«, brummte er mich widerwillig an. Er hatte schon fast abgeschaltet. »Wie öde. So langweilig, diese Güte. Zum Ersticken.«

Der Nachmittag schien endlos.

Er hatte nicht ins Hotel zurückgewollt. Deshalb liefen wir durch die einsamen Straßen und nahmen mal hier, mal dort eine Abkürzung auf der Suche nach den spärlichen Schatten längs der Mauern. Hin und wieder verschaffte mir eine unerwartete Ecke in einem schon bekannten Rom den Blick auf eine Treppe, auf ein kühles Gäßchen mit nach hinten fliehenden Linien oder auch auf das luftige Grün in der Höhe, das manche wie an Himmelsfäden aufgehängte Terrasse bildete. Aber sofort mußte ich ihm wieder folgen, sein Arm hart in den meinen eingehängt. Der aschfahle Sonntag war bereit, mich in neuen Straßen, Alleen und von der Sonne erdrückten, verbrannten Kreuzungen zu verschlingen.

Dann beschloß er, sich in ein Café zu setzen, das sich in der Nähe eines Brunnens befand, dessen Wasser heftig und eintönig brauste. An einem nicht weit entfernten Tisch ereiferten sich Jungen mit großtuerischen Gesten in einer verbissenen Diskussion über Fußball. Namen von Spielern und beleidigende Ausdrücke schaukelten gewichtig in der Leere, um sich in Pausen schmerzhaften Schweigens aufzulösen. Die am Rande des Bürgersteigs abgestellten Mopeds funkelten. Von den Sonnenschirmen fielen dünne Schattenkreise herab. Unter meinen Fingern fühlte ich die heiße Tischplatte.

Lange redete er vom Wasser, von den Geräuschen des Wassers, tat dies aber, als ob er einem Laster gehorchen würde, ohne Schwung. Und wirklich, ein Satz wurde sofort vom darauffolgenden ausradiert.

Ich betrachtete diesen Brunnen, seine großen, gipsartigen Voluten, die Wasserstrahlen, die dicht herabfielen und ihre ganz kurzen, grünlichen Schaumspritzer. Er strahlte keine Kühle ab. Mein Jackett und das Hemd klebten am Rücken, die Schuhe waren mit einer Staubschicht überzogen, doch hatte er sich seltsamerweise noch nicht über die Wärme beklagt.

Um uns herum geschlossene Geschäfte, farblose Schilder an Häuserwänden. Irgend jemand blickte verstohlen durch den Spalt eines Fensterladens. Ein Mann auf einem Fahrrad kam gemächlich näher, stieg ab und befestigte dürftig mit schlaffen Bewegungen eine Kette zwischen den Radspeichen, bevor er in einem Toreingang verschwand.

»Also: Hast du wenigstens einen Freund? Oder nicht? Also, irgend jemanden? Ein Stichwort. Hat dich der Esel im Galopp verloren? Du sagst nie etwas über dich«, protestierte er mit einemmal.

»Wie schaffen Sie es bloß, immer alles zu erraten?« wunderte ich mich. »Ausgerechnet in dem Augenblick, in dem ich zu mir sagte: Sag was.«

Er nickte, aber ohne Genugtuung.

»Meine Gaben«, antwortete er. »Bin ich dein Freund? Sicher, denn sonst ist es überflüssig.«

»Ja. Ich glaube, ja. Weshalb?«

»Weshalb und warum.« Er schüttelte sich nervös. »Was haben all diese ›Warum‹ damit zu tun? Alles kalter Kaffee. Also: Fühlst du dich als mein Freund? Denkst du, daß ich dein Freund bin? Oder würdest du es vorziehen, mit den anderen zusammenzusitzen? Da hinten und über Boniperti und Rivera zu sprechen. Sag schon: Es wäre mehr als normal.«

»Ach was«, lachte ich eingeschüchtert.

»Fühlst du dich anders als jene dort?«

»Ein bißchen. Nicht besser. Nur anders.«

»Genau. Abgesehen vom Fußball, geht es dir gut mit dem hier Anwesenden? Ja oder nein.«

»Aber ja doch. Wirklich.«

»Na ja.« Er schnitt eine Grimasse, »glauben wir's. Sieh mal, eine Freundschaft ist eine ernste Angelegenheit.«

Ich verkniff mir das gewohnte ›Warum‹. Ein »Das heißt?« entfuhr mir.

»Das heißt, daß ich dich früher oder später – vielleicht aber auch nie, wer weiß – um einen großen Gefallen bitten könnte. Groß, aber erfüllbar. Nichts Unmögliches«, seine Stimme klang beinahe melancholisch.

»Ausgezeichnet, Signore.«

»Ausgezeichnet, Signore«, äffte er mich nach und beseitigte endlich die Anspannung auf seinem Gesicht. »Klar, daß ich keinen Schwur verlange. Dein Wort genügt mir. Richtig?«

»Richtig.«

»Ich muß zugeben, daß du nicht ganz stumm bist. Die eine oder andere Silbe entschlüpft dir schon«, lachte er.

Ich war durcheinander. »Und trotzdem habe ich im Kopf viele Dinge, die ich sagen müßte. Aber ich kriege sie nicht raus.«

»Arme Jugend«, seufzte er zerstreut. Und gleich darauf: »Gehen wir jetzt. Hast du bemerkt? Ein Körnchen Eis im Whiskey. Ein einziges nur. Immer so, in knausrigen Lokalen. Gehen wir wieder in unsere Bar von gestern abend.«

Er stand bereits, seine gesamte von der Sonne eingehüllte knöcherne Dürre warf einen strichartigen Schatten mitten auf die Straße. »Dir gefiel diese Bar doch auch«, machte er sich auf und packte meinen Arm. »Alles in allem bist du ein Herrlein. Donnerwetter, und was für eins. Warum es verheimlichen? Dein Vater: Wie ist er so? Und hast du wirklich keine Freundin? Erzähl.«

Die Beleuchtungssegmente begannen eins nach dem anderen zu erlöschen, bis der schmale Saal im Dunkeln lag. Ein Kellner lief herum und warf mit einer Taschenlampe weiße Erkundungskreise um sich herum. Dann wurde auch die Taschenlampe ausgeknipst.

Ein beißender Geruch nach Desinfektionsmitteln lag in der eingesperrten Luft. Mein Rücken drückte gegen eine steife Wand aus Holz und Samt. Ich fühlte, wie mich sein Ellenbogen anstieß.

»Und nun?«

»Keine Ahnung. Noch nichts«, antwortete ich.

»Macht es dir Spaß?«

»Eigentlich nicht besonders, Signore.«

Die Glut der beiden Zigaretten hob und senkte sich. Ich hörte sie verhalten neben mir lachen, ihn und das Mädchen in dem raschelnden Kleid. Sie hatte sich an unseren Tisch gesetzt, die Augen erfahren, Hals und Schultern und Busen blütenweiß. Wir hatten Champagner getrunken, zweifelnde Blicke hatten uns aus entlegenen Ecken überwacht. Jetzt gestand die totale Schwärze rings herum meiner Verlegenheit ein klein bißchen Ruhe zu. Ein vereinzeltes Händeklatschen in der Bar hinter uns ohrfeigte die Ruhe. Ich hatte zwei Stripteasenummern angesehen und die Vorführungen eines Taschenspielers, die ich ihm erklärend ins Ohr flüsterte. Der Taschenspieler war ein alter Mann mit runzligem Gesicht und einem aufgemalten Lächeln. Als er seine Nummer beendete, hatte er in den Händen, auf den Schultern und auf dem Hut mindestens zwölf zitternde Tauben. Die Mädchen beim Striptease hatten sich mit hastigen, geizigen Bewegungen entkleidet. Erst hinterher, nachdem sie sich von der Bar gelöst und einen weiten Bogen geschlagen hatte, um uns in Augenschein zu nehmen, war das blütenweiße Geschöpf gekommen und hatte sich zu uns gesetzt, wobei sie sogleich zu lachen anfing und uns zublinzelte. Sie sprach schlechtes Italienisch.

Das Klatschen begann wieder, trocken, übertrieben. Im Dunkeln bemerkte ich das leise Aufgehen des Vorhangs.

Klaviermusik fing wie rasend an zu spielen, und am Ende dieses ganzen schwarzen Trichters begannen drei kleine phosphoreszierende Skelette zu tanzen. Auch die Konturen der auf den Schädeln sitzenden Zylinder leuchteten glänzend. Ausgekugelte Schienbeine, Kniescheiben und Oberarmknochen tanzten glücklich synchron zum Takt des alten Foxtrott, dessen Raserei sich immer mehr steigerte. Mühelos verfolgten sie sich gegenseitig und berührten sich dabei kaum. Ihre Schritte kreuzten sich, die Schädel bewegungslos, um im Gleichgewicht zu bleiben.

Mit einem Schlag verriet sie das Klavier, indem es zu einem Tango überging, und die Skelette gerieten chaotisch durcheinander, heillos die Wirbel ineinander verkeilt, die Zylinder am Boden. Eine allerletzte zornig-komische, aufbrausende Rauferei brachte sie wieder in den richtigen Abstand voneinander, so daß sie sich wieder ordnen und neue, schleichendere Schritte unternehmen konnten. Ihre geschmeidigen Becken bewegten sich in langsamen, ausgewogenen Wellenlinien, die Zylinder im Takt der Musik. Dann brach die Musik ab, die beleuchtete Bühne vertrieb den Zauber, ein Junge in schwarzem Overall und indischen Gesichtszügen hinter den drei erschlafften Marionetten beantwortete das dürftige Klatschen mit einem schüchternen Lächeln, deutete eine Verbeugung an und floh.

»Vom Italienischen kennt er nur die Schimpfwörter. Wie immer«, lachte er und ließ sich gegen die Wand fallen. »Schön, was? Du Gewächs des Nordens. Fühl mal hier. Versuch. Das beißt doch nicht. Los. So etwas bekommt man nicht im Pfandleihhaus.«

Er ertastete ihre Brust und erging sich in gespielten Seufzern. Die Augen des Mädchens erforschten flink die meinen, bevor sie lachte und sich befreite.

»Und wenn ich großes Hunger? Filet? Ja, Filet. Please«, sagte er und schüttelte sich.

Er lachte, ohne die Zähne zu entblößen, seine Kinderstimme wirkte zu einstudiert.

»Ich hätte meinen Hintern verwettet«, vergnügte er sich weiter, die Finger nervös auf dem Tisch bewegend.

Der Kellner kam mit einem Filet und noch mehr Champagner, während sich auf der Bühne eine Farbige mit eingeöltem Körper als brennende Fackel schlängelte. An der Spitze einer jeden Flamme wandt sich schwarzer Petroleumrauch in die Höhe.

Unsere Koffer waren schon bei der Gepäckaufbewahrung des Bahnhofs. Am frühen Morgen sollten wir nach Neapel aufbrechen.

»Die da kommt hier erst nach vier Uhr raus«, ließ er mich wissen.

»Und was sollen wir mit ihr machen? Wo wir doch abreisen wollen.«

»Sie begleitet uns zum Bahnhof. Na so was. Endlich jemand, der uns Lebewohl sagt«, antwortete er schlagfertig.

Sobald das Licht schwächer wurde, machte sich das Mädchen an ihn heran und flüsterte ihm ins Ohr. Vielleicht waren es gar keine Worte, sondern nur ein schwacher Atemhauch, und er aalte sich unbeweglich in ihrer Parfümwolke.

»Hier nehmen sie uns aus. Das ist etwas für Blöde«, hatte ich ihm von Anfang an gesagt.

»Na und? So läuft es doch immer. Glaub mir. Oder schämst du dich zufällig?«

»Was hat die Scham damit zu tun? Ich finde, daß es dämlich ist, und damit basta«, hatte ich erregt geantwortet, obwohl ein Schritt entfernt ein gleichgültiger Kellner stand.

»Also: Wessen müßte ich mich deiner Meinung nach noch enthalten?« hatte er süßlich erwidert. »Meinst du wegen des Geldes? Du hast recht. Noch eine Minute solch ein Leben, und ich ende geradewegs im Armenhaus. Aber daran denken wir ein andermal. Kommst du damit klar?«

Ich hatte ihn untergehakt und war so dem Eifer des Kellners ausgewichen. Dann waren wir in diesen Schatten hinabgestiegen inmitten der plötzlich wiederauflebenden Musik.

Jetzt stieß mich sein Ellbogen erneut in die Seite.

»He, Ciccio. Weißt du, was ihr in den Sinn gekommen ist? Eine Handtasche. Sie sagt, daß sie nur tausend Schweizer Franken kostet. Geradezu geschenkt. Achtung: Das Geld hast du, so habe ich es in Erinnerung. Es hat den Anschein, daß sie die Handtasche ausgerechnet in einem Geschäft ganz in der Nähe ihres Hauses verkaufen. Sicherlich wirst du den Zug verpassen. Oder nicht? Hast du daran noch keinen einzigen Gedanken verschwendet?«

Das Mädchen sah mich an, ihr Lächeln dazu bereit, sich ruckartig auf ihrem Gesicht abzuzeichnen, ihre strahlende Schönheit ganz vor mir ausgebreitet. Der Kellner hatte einen kleinen Teller mit vier halben, in Sirup eingelegten Aprikosen gebracht, von denen sie eine mit einem Löffel hochhob und sanft und langsam in die Mundhöhle gleiten ließ. Gemächlich kaute sie, die Augen zunächst halb geschlossen, wie verloren blickend und gleich darauf mich und meine Mühe beobachtend, mit der ich mich zwang, ihr zu widerstehen. Der Champagner arbeitete lästig in meiner Nase und meinem Hirn, ich fühlte, wie die Lider schwerer wurden. Inzwischen hatte sich das Mädchen entschieden, sämtliche Aprikosen mit schmachtenden Grimassen zu verschlingen.

Später zog ich mich an die Bar zurück. Die Vorstellung war vorüber, zwei oder drei Paare tanzten, indem sie sich lustlos über die in eine Tanzfläche umgewandelte Bühne schleppten. Ein abgeblendetes Licht drehte sich an der Decke, malte rosafarbene und blaue Schatten und wischte sie wieder weg. Zwei Kaffees wurden an den Tisch gebracht. Ich selbst trank kaum etwas. Die Luft war giftig geworden. Es schien mir, als hätte ich unter den verschwommenen Konturen an der Bar auch diesen komischen Kauz von Zauberer wiederentdeckt. Noch älter, die Falten eingestaubt, saß er auf einem Barhocker und spielte alleine mit Würfeln. In der linken Hand hielt er ein Brötchen. Auch die Farbige von der Fackel-Vorführung quoll einen Moment aus dem Dunkeln hervor, um etwas zu trinken. Einsam blickte sie sich um und verschwand dann aus meinem Blickfeld.

Um durchzuhalten, heftete ich mich an die Stimme von ihm, der gerade röchelnd eine Geschichte erzählte. Er wirkte wie aufgelöst, dort, zwischen Tisch und Wand, den linken Arm herabbaumelnd, sich mit der Rechten an eine Zigarette klammernd. Im Kommen und Gehen des Lichtes hatte sein Gesicht jegliche Bedeutung verloren.

»... in dieser Höhle, Herrgott. Alles nur eine Höhle. Keine Ahnung, wie sie es anstellen. Zu arbeiten. Leben. Blinde, und sie arbeiten, sie vermehren sich. Verstehst du? Insekten, sage ich. Seit einer Stunde rede ich mit dir, Ciccio. Was machst du, schläfst du, ist dir zum Kotzen? Einmal habe ich beim Informationsbüro der Telefongesellschaft angerufen. Ich schwöre. Wenn nicht, wie könnte ich das erfinden? Ich wollte doch schließlich nicht mit den Fingern lesen lernen. Keine Umschulung, habe ich ihnen sofort gesagt. Es gibt nichts mehr umzuschulen, zu lernen, liebe Ärzte/Professoren/mehrfach promovierte Armleuchter. Also: die freundliche, sympathische Stimme dieses Mädchens am Telefon. Wie sie lachte. Sie schien immer gute Laune zu haben. Die Geduld, die sie aufbrachte. Bestimmt war sie potthäßlich bei all dieser Geduld. Glaubst du das? Sie las mir am Telefon die halbe Enzyklopädie vor und erklärte mir das mit den blinden Insekten, die arbeiten und so weiter. Im Dunkeln. Die Maulwurfsgrille zum Beispiel. Fleichfressende Grille, die Würmer vertilgt und Gänge gräbt. Sie lebt nachts. Sie und ihr Herr Gemahl fügen den Getreidekulturen schwere Schäden zu – drücke ich mich deutlich aus? Und dann gibt es da die Arbeiter bei den Termiten. Weniger sympathisch allerdings, da geschlechtslos. Nicht nur blind, sondern auch noch geschlechtslos, aufgrund der gerechten Entlohnung unserer Mutter Natur. Sie schuften, bauen, fegen, sammeln Nahrung. Sie züchten sogar Speisepilze; ich schwöre dir, wenn du es nicht glaubst, prüfe es nach. Während ihre gute Königin zusieht, fett wird, Pilze frißt und vierzigtausend Eier am Tag legt. Es ist nicht mehr bei der Telefongesellschaft, dieses Mädchen. Die paarmal, dich ich sie hinterher angerufen habe. Zum Teufel auch mit ihrer ekelhaften Freundlichkeit. Oder vielleicht hatte sie es auch satt. Vielleicht hat sie darum gebeten, in ein anderes

Büro versetzt zu werden, um mir nicht mehr zuhören zu müssen. Verstehe ich gut. Was meinst du dazu?«

Ich weiß nicht mehr, wie ich es schaffte, mich zum Telefon zu schleppen. Der Taschenspieler sah zu uns herüber und fuhr fort, die Würfel auf einem grünen Filztablett hin und her zu rollen. Seine Tauben, dachte ich träge.

Ein mürrischer Barkeeper wählte die Nummer und hielt mir teilnahmslos den Hörer hin.

»Was Nacht? Wie Nacht? Es ist Morgen. Glaubst du nicht, es ist Zeit, zur Messe zu gehen? Deine Sünden zu beichten?« schrie er heiser, wütend und glücklich die Cousine an. Dann hielt er den Hörer vom Ohr ab, um den Seufzern freie Bahn zu lassen, den klagenden Ausrufen der erschreckten Stimme am anderen Ende: »Natürlich geht's mir gut. Sehr gut. Du wirst nicht zu meiner Beerdigung kommen. Und der Cousin Priester auch nicht. Hab' ihn heute gesehen. Schöner Quälgeist, auch der. Ruf mir den Baron. Sofort. Oh, Baron, bist du es? Wie geht es dir? Melde dich. Los. Ein Seufzerchen. Los, Schöner. Auf, Ciccione. Klar kennst du mich, ich bin es, auf, kleiner Dickwanst. Nicht wahr, jetzt seufzt du schön? Vorwärts, Schatz. Oder ich schneide dir den Schnurrbart ab, weißt du. Schämst du dich vor der Tante? Sag. Melde dich. Nicht? Dann fahr auch du zur Hölle.«

Er hängte auf, die Hand zitterte ihm. Der Barkeeper hatte zwei kleine Gläser dunklen Likör eingeschenkt.

»Auf Kosten des Hauses«, sagte er ernst.

Ich versuchte gar nicht erst, abzulehnen. Er trank und fand gleich darauf tastend auch mein Glas.

»Gras«, entschied er hustend.

»Ein Extrakt. Gut für die Verdauung und belebend, mein Herr«, ließ sich der andere nicht überrumpeln.

Der Taschenspieler hatte sich umgedreht, ich sah seinen krummen Rücken, das ausgeblichende Muster der Jacke.

»Und wenn wir den Cousin Priester wecken würden? Tolle Idee. Vielleicht braucht er uns. Vielleicht schaffen wir es sogar, ihn mit nach Neapel zu nehmen. Ein Priester im Gefolge kann nützlich sein.«

»Um Himmels willen, Signore«, antwortete ich, wurde mir aber klar darüber, daß ich keines seiner Argumente hätte widerlegen können.

»Es ist in Ordnung, das Priesterlein. Es amüsiert«, fing er mit falscher Stimme zu jammern an. »Du dagegen, Ciccio, bist ein Niemand. Nichts. Warum legst du keinen Wert auf Gesellschaft?«

Das Kaugummigesicht des Barkeepers zeigte ein leichtes, mitfühlendes Lächeln.

»Du bist kein Freund«, hatte er schon wieder begonnen, »sprichst nicht, singst nicht, kriegst den Hintern nicht hoch. Woher kommst du bloß, kleine Madame? Du machst nämlich ein Getue wie eine kleine Madame. Oder beleidige ich dich etwa?«

»Nein, Signore«, erduldete ich.

Ich legte die Hände auf die Bartheke, um besser Gleichgewicht halten zu können, spürte das von den Handflächen feuchte Holz. Der Barkeeper hatte ein drittes Glas Extrakt eingegossen. Ich zwang mich, mit einem Kopfschütteln abzulehnen, damit man wenigstens den letzten Rest meiner Autorität sah. Der andere nickte zustimmend und zog das Glas wieder zu sich heran.

Ein unwahrscheinlich tiefgrüner Schimmer triumphierte über den Häusern, als wir hinausgingen. In drei Taxis schliefen Männer, die sich zwischen Sitz und Lenkrad gekauert hatten, ein anderer las eine Zeitung.

»Blöde Kuh. Es hätte sie gar nichts gekostet, uns zu begleiten«, hörte ich ihn noch mit einem Röcheln. »Aber immerhin ist sie nicht die Tochter eines Admirals. Diese Verdammten nennen sich immer Töchter von Admirälen. Nie herausgefunden, warum. Du hast aber auch nichts gesagt, um sie aufzuhalten, Ciccio. Du bist zu verträumt und blöde. Hast du sie noch gesehen?«

»Nein.«

Sie lief vor uns, zwanzig Meter entfernt, das zarte, unbedeckte Fleisch noch nicht vom Licht des Tages beleidigt. Sie stieg in einen Wagen, fuhr an und vorbei und hob den Arm, um Augen und Stirn zu verdecken.

»Unheilbarer, abgefüllter Provinzler, der ich bin«, hustete er. »Nur weiter so, und in einer Minute werde ich Selbstgespräche führen. Irrenhaus. Von wegen Reisen. Zur Segnung der Tiere müßtest du mich begleiten. Ciccio, warum wirfst du mich nicht unter eine Straßenbahn?«

Er hielt sich schlecht, die Schulter ragte über mich hinaus, seine Knie wurden weich. Hin und wieder runzelte er die Stirn, um ein Frösteln zurückzuhalten.

»Neapel ist tot«, begann er zu reden, ohne damit im Taxi aufzuhören. Er wiederholte es unzählige Male, buchstabierte und hustete es heraus, während wir durch verlassene Straßen und über leere Plätze in Richtung Bahnhof sausten.

Ich hatte mich in eine wer weiß wie absurde Berechnung bereits abgelaufener und noch kommender Tage hineingestürzt. Die Kohlensäure des Champagners kam mit lästigen Rülpsern wieder aus dem Magen hoch. Ich verzichtete auf eine verwickelte Diskussion über die Zeit, um die Luft anzuhalten, den Schluckauf zu unterdrücken.

Ein großer Brunnen kreiste um uns herum, das Wasser stahlfarben. Er steckte den Kopf aus dem Fenster, um ihn in die frische Luft, die frischen Geräusche zu tauchen.

Dann: »Auch der Baron. Auch er hat's mit mir. Was hätte es ihn gekostet, einmal ›miau‹ zu sagen? Ständig sagt er das am Telefon zu mir. Er wird wütend, ist beleidigt, aber dann murmelt er doch immer etwas. Diesmal dagegen nichts. Verfluchter als sonst. Meinst du, es ist meine Schuld, Ciccio? Bin ich tatsächlich so unausstehlich? Und dabei sehe und halte ich mich für einen armen Kanarienvogel, dem man die Augen ausgestochen hat, damit er besser singt.«

Er lachte scharf, nur um sich anschließend wieder zu verschließen. Dann beugte er sich nach vorne und drückte gegen den Magen.

»Was war in dem letzten Glas. Dünger? Fühlst du nicht auch, wie deine Eingeweide verfaulen?«

Ein Schatten war auf meine Augen gefallen, der Hals brannte mir. Ich bekämpfte dieses Brennen, damit ich nicht anfing, wirres Zeug zu reden. Ich starrte auf den Türgriff und versuchte, nicht mehr mit den Augen abzuschweifen, sie nicht mehr zu schließen.

Der Taxifahrer bremste scharf und lud uns ohne einen Gruß vor dem Bahnhof aus.

»Schade, von hier wegzugehen. Schade, nicht hier zu bleiben. Aber, auf zu Nero«, schrie er schwankend und hob den Stock.

Nur die Geduld eines Gepäckträgers befreite unser Gepäck aus der Bahnhofshalle. Tassen und Tellerchen, die sich in der Spüle einer Bar türmten. Der dumpfe Ton der Stimmen im Lautsprecher durchlöcherte meinen Schädel.

»Nach Istanbul. Nach Kalkutta müßten wir fahren. Statt nach Neapel. Nur drei Stunden Schlaf. Was für ein Idiot bin ich nur im Begriff zu werden? Der Blitz soll mich treffen«, protestierte er im Zug, die Lippen fahl, das Schlafmittel schon geschluckt.

In einer Ecke niedergekauert, versuchte ich mich so gut wie möglich hinter einem Zipfel des Vorhangs zu verstekken. Das Licht war bereits zu stark, ich fühlte es wie glühende Schneiden über die Augenlider gleiten. Rufe, Schreie, Lärm fetzten brutal um mich herum.

»Die Überreste unserer selbst. Das sind wir. Neapel ist tot«, stieß er noch hervor. Mitten auf der Stirn war eine Ader dunkel angeschwollen. »Ist hier jemand drin?«

»Niemand, Signore«, sagte ich.

Der Zug setzte sich in Bewegung.

8

Ich sah sie am anderen Ende der Terrasse im leicht marmorfarben angehauchten Licht des Abends. Sie sprachen fast widerwillig miteinander, unterbrochen von langen Pausen des Schweigens und ohne einen Anflug von Lächeln. Er stand aufrecht wie gewöhnlich da, wie die Klinge eines Messers. Der andere, obwohl groß und stämmig, hielt sich mit seinen schon gebeugten Schultern nur mühsam auf den Beinen. Sie paßten nicht zu dem lebhaften Halbrund eines Sonnenschirms.

»Ich verabschiede mich. Es ist schon spät geworden. Brauchst du noch etwas? Jetzt weißt du ja alles, hast alles gesehen. Mach, was du möchtest. Bis Morgen«, sagte der Soldat von der Tür aus. Er hatte das schmale Gesicht eines Marders mit listigen Zuckungen, seine Hände waren glatt. Zuerst hatte er sich als Student, dann als Archivar bezeichnet, aber mit dem Ton von jemandem, der Angst hat, einen Fehler zu begehen.

Ich blieb alleine in dem viel zu großen Zimmer, das mit Bildern überhäuft war. Das letzte Licht sammelte sich auf einem Frauengesicht, das in einem alten ovalen Rahmen eingeschlossen war. Die blasse Blume, die zwischen dem Hals und der Schulter angesteckt war, stach auffallend hervor. Gruppen von silbern umrahmten Fotografien standen auf Tisch, Konsole, Klavier.

Am Nachmittag hatte mir der Soldat das Haus gezeigt, ein Labyrinth von Fluren, dunklen Kammern, verschachtelten Zimmern. Aus beinahe jedem Fenster konnte man die Umrisse der steil abfallenden Stadt sehen, die sich wie eine durcheinandergeratene Krippe zum Meer hin verschachtelte.

Ich sollte in der Kammer eines Hausmädchens übernachten, das an genau jenem Morgen verreist war. Die Kommoden und Schränke dieses Zimmers waren abgeschlossen oder ausgeräumt, die kahlen Wände mit feuchten, sich verzweigenden Schatten überzogen. Unter der Bettdecke fehlte das Laken.

»Auch das wieder ein netter Einfall. Vier Männer im Haus oder zumindest ihr drei, wenn man mich nicht dazuzählt und ich mich nicht dazuzählen lassen will; und er, was denkt er sich aus? Er schickt die einzige nützliche Person auf Reisen, die einzige Frau. Die ihn übrigens noch nicht einmal darum gebeten hatte. Die Redensart stimmt: Gott hat alle Menschen unterschiedlich geschaffen. Arrangier dich ein bißchen. Sei vorsichtig. Ich habe mich schon entschieden: Ich esse in der Kaserne. Betten, Besen, Staub können auf mich bis Sankt Nimmerlein warten. Ich bin kein Offiziersbursche. Und du ebenfalls nicht. Wen es stört, den stört es eben«, hatte mir der Soldat sogleich vorgetragen.

»Wie heißt deiner?«

»Vincenzo V. Aber ich nenne ihn nur Oberleutnant. Ihm genügt das. Die Pension, die er bezieht, ist die eines Hauptmanns, aber er hängt noch immer an der Angewohnheit, daß man ihn Oberleutnant nennt. Na ja: die Redensart, die ich eben erwähnt habe. Aber von Herzen gut, weinerlich, ein langweiliger Patron, aber gut. Seit sechs Monaten bin ich jetzt hier. Und, dem Himmel sei Dank, wenigstens seine Hände hat er noch alle beide. Wie macht deiner das mit dem Bart? Rasierst du ihn?«

Ich sah sie noch immer Seite an Seite auf der Terrasse stehen, mit brennenden Zigaretten. Sie hatten sich ironisch, doch mit kurzen und nahezu angeekelten Berührungen und ohne ein Lachen gegenseitig Magen und Bauch betastet. Sie sprachen nicht mehr.

Es war mir gelungen, einige Stunden auszuruhen. Die Müdigkeit und all ihre verschiedenen Gifte waren zwar verschwunden, aber ich fühlte mich trotzdem als Gefangener einer seltsamen und unerklärlich feindseligen Stimmung, wie in einem Spinnennetz oder, besser, einer Seifenblase, die mich umschlossen hatte und immer höher stieg, mich ohne Regeln schillernd davontrug, wobei sich die ganze Welt immer mehr verkleinerte, kälter wurde und sich weiter entfernte.

Auch ich trat auf die Terrasse und achtete darauf, in der von den beiden am weitesten entlegenen Ecke in Dekkung zu gehen.

Die Stadt war bereits völlig beleuchtet, ein dichter, schaukelnder Dschungel von Laternen, Lampen und bunten Flecken, die sich gegenseitig verfolgten, auf und ab hüpften und sich in Kreisen, Girlanden, Strudeln und Knoten unter dem violett gestreiften Himmel bis hin zur Linie des Golfs miteinander vermischten. An der Stelle, wo das Violett in Schwarz überging, zog eine Wolke vorüber, die zuerst einen Kopf hervorbrachte, dann Schultern und schließlich die wundersame Hand eines Riesen, der sehr langsam vorwärts schritt. Die letzten Locken seiner Mähne streiften noch die Sonne jenseits des Horizontes. Und dieser ganze Dschungel schickte ein mächtiges Gebrüll zu ihm herüber, das Gebrüll eines gewaltigen Tieres, das sich schlaftrunken niedergelegt hatte und aus den Millionen goldener Poren, Schuppen, Falten und Schluchten seiner dem Dunst des Sommers dargebotenen Haut brummte.

Mein Gefängnis fühlte sich enger und bedrückender an als zuvor, und ich hatte plötzlich das Verlangen, mich hineinzustürzen, nicht zu laufen, sondern wirklich hineinzustürzen in diese Lichter, diesen Atem, und darin zu verschwinden.

Sie rührten sich und liefen schweigend Schulter an Schulter die Terrasse entlang, weißer Stock und Rohrstock in gleichem Schwung.

Der Oberleutnant hatte eine volle, tiefe Stimme mit

plötzlichen zweifelnden Einbrüchen von Mattigkeit, sein gradliniger Tonfall schnitt ihm trocken die Worte ab.

Drei-, viermal schritten sie entlang derselben Linie die wenigen Meter ab, die Glatze des Hausherrn funkelte wie eine Muschelschale. Sie wirkten nicht wie Freunde, hatten nie eine klare Geste der Zuneigung, des Einverständnisses gezeigt.

Leise entfuhr es dem Oberleutnant: »Mut habe ich schon. Aber die Angst ist groß.«

Ein Lachen wie ein Peitschenhieb war die Antwort.

Vorsichtig ging ich in das Wohnzimmer zurück, da ich es vorzog, ihrem Gespräch nicht zuzuhören.

Aus dem dunklen Raum sah ich durch die Fenster noch einmal das Meer, pechschwarz und eingeschlossen zwischen zwei großen Schiffen mit beleuchteten Masten, die wie vollkommene Dreiecke aussahen.

Endlich beschloß ich, mich in Bewegung zu setzen und wenigstens den Lichtschalter zu suchen.

Nach dem Abendessen kamen die Mädchen. Zwei waren Töchter der Wirtin aus dem nahe gelegenen Restaurant, in dem wir gegessen hatten, zwei weitere waren ihre Freundinnen. Sie waren sehr jung, die Bebrillte lachte und bewegte sich mehr als die anderen. Sie liefen sogleich durch das Haus, als ob sie es auswendig kannten, trieben Gläser, Flaschen und Eis auf sowie Federkissen aus einem Schrank.

Mit spitzen Schreien verfolgten sie sich zwischen Wohnzimmer und Küche.

»Ines, Candida, Michelina, Sara. Ihr treibt mich in den Wahnsinn«, klagte der Oberleutnant aus der Tiefe seines Sessels. »Wohin rennt ihr nur? Warum bewegt ihr euch dauernd? Hierher, alle und sofort. Hinsetzen.«

Schon abgeschirmt hinter seinem Whiskey, schwieg er, als ginge ihn das alles nichts an.

»Du auch. Sag was. Sie haben so auf dich gewartet, die Ärmsten«, spornte ihn der Oberleutnant an.

»Frauen. Es sind schon Frauen. Nicht mehr die Mädchen von vor vier Jahren. Ich ertrage sie fast nicht«, grummelte er.

»Fausto«, seufzte der andere langgezogen, »wir können stehenbleiben, die Welt nicht.«

Die bebrillte Ines erschien und hantierte mit einem Ventilator und dessen langer Schnur herum.

»Wollt ihr nicht ein bißchen Luft? Man erstickt hier. Fangt doch nicht gleich wieder an, wie die Löcher zu trinken. Sonst gehen wir wieder. Wollt ihr noch einen Kaffee? Zieht es euch zu sehr?«

Dann senkte sie die Stimme und kam geschwind auf die beiden Sessel zu, um schnell zu sagen: »Hast du bemerkt, Fausto? Sara ist noch immer in dich verliebt. Total verschossen, das arme Ding. Wie damals, als sie noch Zöpfe hatte, erinnerst du dich? Sie hat sich heute sogar ein neues Parfüm gekauft. Ein französisches. Sag etwas zu ihr, Fausto, unterhalte uns.«

»Ines, was bist du doch für ein tratschsüchtiges Lästermaul. Schöne Freundin. Sei doch einmal still. Und ruf die anderen. Was machen die denn da?« widersetzte sich der Oberleutnant schwach.

»Sie schämen sich«, lachte Ines immer noch, bevor sie entwischte und den Ventilator auf dem Boden liegen ließ.

»Hm. Ob sie noch Jungfrauen sind?« kam es lustlos aus ihm heraus.

»Hauptmann, bist du verrückt?« entrüstete sich beunruhigt der andere leise. »Wie du redest. Vier liebe Mädchen voller Respekt. Ich bin sogar Candidas Taufpate...«

Mit einer traurigen Handbewegung winkte er ab.

»Reine Neugier. Nur so dahingesagt«, gähnte er. »Was soll ich deiner Meinung nach denken? Frauen sind es, reden ist also überflüssig. Man müßte sie anfassen.«

»Fausto«, sagte der Freund noch einmal vorwurfsvoll, »erinnerst du dich nicht mehr an die Zeit vor vier Jahren?

Als sie uns in die Cafés und Gärten begleiteten und wir ihnen Eis in der Waffel spendierten?«

»Dummes Zeug«, wurde er sofort zum Schweigen gebracht.

Die Mädchen kamen gemeinsam zurück und blickten mich aufmerksam an, als wollten sie meine mögliche und noch nicht richtig feststehende Mittäterschaft erkunden. Sie setzten sich in einer Reihe auf das Sofa gegenüber den beiden Männern, stießen sich unter Grimassenschneiden und Grinsen gegenseitig an und erstickten kleine Lacher sofort hinter vorgehaltener Hand.

»Genug jetzt«, wies sie der Oberleutnant zurecht.

Er hatte nicht viele Narben im Gesicht, nur einen rötlichen Zickzack-Schnitt hinter dem rechten Ohr. Die schwarze Brille ließ den breiten Kopf und diese fleischige Nase noch mächtiger erscheinen. Das Kinn wurde beim geringsten Wort weich oder verfiel in eine Andeutung von Doppelkinn.

»Habt ihr eine Idee, Mädchen? Laßt es aber nicht zu spät werden«, fragte er sanftmütig in die Runde.

»Ein Spiel. Ja, ein Spiel«, quiekte Ines sofort.

Sie hatte ihre Brille abgenommen. Es schien ihnen alles gleichgültig: die viel zu weichen und warmen Kissen; die Dutzende von Blicken, die von schnauzbärtigen Männern an den Wänden auf sie herabfielen; diese Frauen und Matronen, die mit gewaltigen Brüsten, entstellten Mündern und mit an den Schläfen anliegenden Locken umkränzt in den Rahmen hingen.

Ich sah, wie Sara die Hand vorstreckte und seine Rechte berührte, die fest um ein Glas geschlossen war.

»Hast du Kopfweh? Kann ich dir etwas bringen? Willst du Eis?« fragte sie, die riesigen Augen in dem bleichen und zu runden Gesicht weit aufgerissen.

Die Freundinnen auf dem Sofa machten sich über sie lustig und äfften sie stumm, mit herzförmigen Lippen und halb geschlossenen Augen nach.

»Nein, nein«, antwortete er und entzog sich brüsk, im Mundwinkel das automatische Zucken eines gereizten Lächelns.

»Ein Spiel, ein Spiel«, riefen die anderen jetzt, wobei sie jedoch ihre Gefährtin mit argwöhnischen Blicken ansahen.

»Ohne Geschrei. Meine Güte. Ich flehe euch an. Mein Kopf. Ein Spiel, sämtliche Spiele, die ihr wollt, aber leise. Andernfalls gute Nacht. Heute abend gibt es im Radio eine Kommödie. Seid lieb, oder ich gehe ins Schlafzimmer«, flehte der Oberleutnant und fuchtelte mit seinen weichen Händen in der Luft.

»Was möchtest du spielen, Fausto? Entscheide du es«, fragte Sara leise und neigte gespannt den Kopf.

Er lachte, die Schultern zu einem Frösteln zusammengezogen. »Aber natürlich nur das eine. Herrschaftszeiten, Blindekuh.«

Wir waren auf die Terrasse gegangen, um ein Eis zu essen, die Abendluft war heiß und feucht.

Pistazie, Vanille, Haselnuß hatten sich im Kühlschrank aufgelöst, wir tranken diesen zähen Brei aus Gläsern, nachdem wir ihn mit Whiskey verrührt hatten.

»Erinnerst du dich noch daran, was du geträumt hast? Träumst du noch?« Saras Stimme klang zurückhaltend, aber entschlossen. »Einmal hast du mir erzählt, du habest ein Tier unter dem Bett gehört. Flink, klein, orangefarben. Wie eine Art Kaninchen war es dir vorgekommen. Oder vielleicht auch wie ein Gürteltier.«

»Gürteltier. Was soll das denn sein«, wies er sie tonlos ab. »Ich erinnere mich an nichts.«

»Sara dagegen schon«, modulierte Michelina mit ironischer Liebenswürdigkeit und blieb einen Augenblick mit dem Tablett voller Gläser in der Hand stehen. Sie war winzig klein, hatte Zähne, die jederzeit bereit waren, sich zu zeigen, und große Knie: »Sara ist wie das schlechte Gewissen. Sie erinnert sich an alles und ruht niemals.«

»Benehmt euch nicht wie Hexen«, seufzte der Oberleutnant aus der Ferne.

Er hatte sich in einen Korbsessel gelegt und jeglichen Willen aufgegeben, diesem Abend eine Richtung zu geben.

»Ciccio«, erhob sich die linke behandschuhte Hand.

»Hier bin ich.«

»Gut, rühr dich nicht vom Fleck«, sagte er müde.

Sara blickte mich mit einem schwach angedeuteten, betrübten Lächeln an, als sähe sie mich zum erstenmal, den Kopf auf die Hände gestützt. Sie hatte schön geschnittene Fingernägel, aber ihre knotigen Finger versuchten ständig, sich zu verstecken.

»Warum ziehst du nicht deine Jacke aus? Bei der Hitze«, sagte sie leise zu ihm, »willst du es dir nicht bequemer machen?«

»Was bist du doch komisch«, entgegnete er.

»Im kommenden Jahr gehe ich auf die Universität«, versuchte sie es von neuem.

»Und deine Schwester?«

»Oh, Candida geht es gut bei meiner Mutter im Restaurant an der Kasse. Sie ist ein friedlicher Mensch. Ein Mädchen, das sich früh verheiraten wird. Die Arme.«

»Warum: die Arme?« lachte er.

»Weil sie ein Nichts ist. Gott möge sie beschützen«, erwiderte Sara, war aber bereits irritiert, wegen der Sackgasse, in die dieses unnütze Gespräch geraten war. »Sie wird einen Chefkoch heiraten oder meinetwegen auch einen großen Pascha, das kommt auf das gleiche hinaus. Damit endet alles.«

»Du dagegen nicht. Richtig?«

»Ich nicht. Bestimmt nicht.« Mit einem Schlag war sie wieder munter, die Hände zu Fäusten geballt. »Fausto, du hast mich nicht einmal gefragt, was ich auf der Universität machen werde.«

»Ich wette, du wirst es mir trotzdem sagen.«

»Gemeiner Kerl«, lachte sie ängstlich. »Also: Medizin. Bist du zufrieden?«

»Muß ich es sein? Wenn ja, bin ich es.«

»Ich bin gut, wirklich. Alle sagen es. Ich bin anders als die anderen. Und darum habe ich Medizin gewählt. Gerade du solltest das wissen.« Sie drückte ihre Finger, die großen Augen leuchteten wachsam.

Die Mädchen hatten sich um den Ventilator im Wohnzimmer versammelt. Nacheinander neigten sie ihre Köpfe und boten sie dem frischen Luftstrom dar, wobei sie heftig plapperten.

»Leeres Glas, Sara«, schickte er sie fort, um gleich darauf mit den Fingern zu schnappen und mir zu sagen: »Ciccio, noch genau zehn Minuten. Dann schleppst du mich ab zum Schlafen. Und wenn die Welt untergehen sollte.«

»Könnte ich mich nicht dorthin setzen? Wenigstens einen Augenblick. Sie verstehen, Signore.«

»Wehe, wenn du dich wegrührst.«

Sie war mit drei Gläsern wiedergekommen. Auch sie trank etwas, vorsichtig, mußte dann aber ihr Gesicht verziehen.

»Du bist der eleganteste Mann, den ich kenne, Fausto. Ein kleiner Mylord«, strahlte sie auf einmal. »Ich schwöre, Fausto, es gibt keinen eleganteren, faszinierenderen Menschen als dich.«

»Potz Blitz«, ergab er sich mit einem entwaffneten Lächeln.

Er hob sein Glas.

»Ach ja. Zum Wohl«, sagte Sara erregt.

Am Ventilator beugten sich die Mädchen aufmerksam spionierend nach vorne, wagten es aber nicht, sich vom Fleck zu rühren.

»Worauf stoßen wir an?« fragte Sara besorgt.

»Entscheide du es. Ich versichere dir: Das ist besser so.«

»Auf das Nichts. Das Niente. Auf das Rien ne va plus.

Auf dieses Scheißleben, das wir kennen«, verlor sich die trunkene Stimme des Oberleutnants schlaff im Hintergrund.

»Ich dagegen trinke auf dich. Auf dich und auf meine Hoffnungen. Willst du?« ereiferte sich Sara und berührte ihn mit einer Fingerspitze leicht am Knie.

»Amen«, endete er und leerte sein Glas.

»Es ist Zeit zu gehen, Signore«, versuchte ich vorzubringen.

»Fausto, jetzt muß ich es dir sagen. Hör mir zu. Jetzt...«, begann das Mädchen mit einem leichten Zittern. Die Stimme blieb ihr im Halse stecken.

»Du bist still. Verstanden? Still. Um Gottes willen.« Barsch drehte er den Kopf weg.

Ihre glänzenden Augen schlossen sich für einen Moment, um sich dann wieder demütiger, müder zu öffnen.

»Sag mir wenigstens, weshalb du gekommen bist«, versuchte sie halblaut eine Antwort zu bekommen.

»Keiner hatte mehr daran geglaubt. Nicht einmal Vincenzo. Ich wußte, daß ihr miteinander telefoniert, daß ihr zusammen redet, aber von da bis zum Kommen...«

»Armer Oberleutnant«, lächelte er. »Früher hat er noch gelacht. Jetzt kann er nicht einmal mehr das. Nur durch die Nase schnaufen.«

»Warum bist du gekommen? Bloß so? Ohne Grund?«

»Gute Sara. Deine Schwester, deine Freundinnen werden dich kritisieren. Sie werden sich über dich lustig machen.«

»Von wegen Kritik. Wer denn? Wer nimmt wen auf den Arm? Wenn du wüßtest, wie sie vor mir Angst haben. Und zu Recht«, errötete sie verärgert. »Los, ich bitte dich, sag wenigstens das: warum du gekommen bist.«

»Nicht ohne Grund. Angesichts der Tatsache, daß du so neugierig bist. Nein: nicht ohne Grund. Aber Schluß jetzt. Keine Frage mehr, mein Fräulein«, zog er einen Schlußstrich und stand auf. Er suchte meinen Arm.

Am Telefon beruhigte Candida sanft ihre Mutter. Sie sagte, sie würden gleich herunterkommen, es sei ja nicht einmal Mitternacht. Das Eis sei wirklich ein Reinfall gewesen.

Das Karussell der Verabschiedungen drehte sich heiter.

Spät in der Nacht hörte ich von meinem Bett aus unterdrückte Seufzer, die sich bis zu einem lang anhaltenden Weinen ausdehnten, bevor sie allmählich leiser wurden und ganz verstummten. Dann Schritte, die sich über den Flur vom Bad entfernten. Ohne jeden Zweifel der Oberleutnant.

9

»Mein Urlaubsschein läuft ab, Signore. Morgen müßte ich abfahren. Spätestens morgen nacht.«

»Bis dahin ist es noch lange«, winkte er gelangweilt ab, »kein Problem. Und falls du zu spät kommst: Gib einfach mir die Schuld. Einverstanden?«

Wir saßen im mittlerweile leeren Saal des Restaurants, alle anderen Tische waren bereits abgeräumt, die grausame Nachmittagssonne brachte die Straße jenseits der Fenster zum Glühen.

Er hatte sich einem unheilbaren Trübsinn hingegeben. Ohne jeden Sinn sein gelegentliches Auffahren wie ein Rasender, verschwunden die boshafte Heiterkeit, die ich an ihm kannte. Der Schatten eines Bartes ließ seine Wangen dunkel erscheinen.

Vergeblich hatten ihn die Mädchen bei Tisch mit Aufmerksamkeit umgeben, das Glas immer zur Stelle, nur für ihn die letzte Kelle der am Boden der Suppenschüssel übriggebliebenen Miesmuscheln, der Schatten einer spanischen Wand auf ihn gerichtet. Die Mutter von Sara und Candida hatte ihre Kasse verlassen, sich an ihn mit der Bitte um einen Rat gewandt und dabei für einen Augenblick ihr verbittertes Witwengehabe eingestellt.

Er hatte das alles über sich ergehen lassen und mit gezwungenem Lächeln gedankt. Und an seiner Seite hatte eine nicht gerade gesprächige Sara gesessen, die ebenfalls in wer weiß welche Gedanken versunken war.

»Nur eines noch, Signore. Bleiben Sie in Neapel oder fahren Sie mit mir nach Turin zurück?«

»Oh, Ciccio, wie viele Fragen. Kannst du nicht einmal damit aufhören?« hatte er mit erschöpfter Stimme entgegnet.

Der Gedanke an das Fest war es, der ihn ein wenig wiederbelebte.

Dem Oberleutnant war diese Idee gekommen, und nun mühten sich alle ab, es sich vorzustellen, es perfekt zu gestalten, genau das Ereignis, das man wollte, vom Schinken bis zum Nachtisch, vom Fisch in Aspik über Meeresfrüchte bis hin zum Champagner.

»Entkorkt. In der Karaffe. So entfaltet er Bukett«, erklärte der Oberleutnant.

»Kleiner Vincenzo, du bist wie immer ein Stümper«, wurde er von ihm abgeurteilt. »Seit wann Champagner in der Karaffe? Du Ignorant.«

»Läßliche Sünde. Ich sage gar nichts mehr«, versuchte der andere sich verwirrt zu verteidigen.

Die Mädchen lachten.

»Sara, hat es dir die Sprache verschlagen?«

»Sara redet nicht mehr. Seht ihr nicht, daß es sie nicht interessiert? Sie denkt nach. Mamma mia, wieviel sie denkt.«

»Arme Sara, ein einziger Gedanke.«

Mit niedergeschlagenen Augen widerstand sie dem Lachen und der Ironie ihrer Freundinnen. Ihre Hände waren unter dem Tischtuch versteckt.

Schließlich: »Besser, daß jeder an seine Angelegenheiten denkt«, sagte sie ohne Fröhlichkeit. »Gehen wir jetzt lieber. Denn mit welcher Wiedersehensfreude würden wir sonst heute abend feiern?«

»Geht es dir nicht gut, Püppchen?« fragte er.

»Ausgezeichnet. Warum? Mach dir keine Gedanken.« Das Mädchen errötete überrascht.

Ein gelber Schmetterling war erschienen und flatterte mit unregelmäßigen Stößen über den Tisch. Seine Flügel rasten wie verrückt, die Hände von Ines, Michelina und Candida waren schon erhoben und fuchtelten wild durcheinander bei dem Versuch, ihn einzufangen.

»Dumme Gänse«, brummte Sara, zuckte aber sofort darauf gleichgültig mit den Schultern.

»Ein Schmetterling«, sagte ich ihm erklärend ins Ohr.

Saras Blick erforschte mich für einen kurzen Moment.

Der Schmetterling war den Fingern von Ines entwischt, ließ sich aber genau vor ihm auf der Tischdekke nieder, die beiden dünnen Flügel zusammengeklappt. Sara streckte ohne besondere Vorsicht die Hand aus und fing ihn problemlos zwischen Daumen und Zeigefinger.

»Da staunt ihr, was?« lachte sie.

»Hier drunter, hier drunter«, schrie Candida.

Ein kleines Glasschälchen wurde umgedreht, und der eingesperrte Schmetterling drehte sich im Kreis, die Flügel hatte er ausgebreitet, die zitternden Fühler erkundeten die neue Umgebung.

»Der Arme.«

»Was für ein schönes Gelb. Sieh mal die schwarzen Punkte. Sie sehen wirklich aus wie Samt.«

»Stimmt es, daß sie nur wenige Tage leben?«

Auf die Ellenbogen gestützt, betrachteten die Mädchen jetzt faul und erhitzt den Schmetterling, der sich wieder niedergelassen hatte. Die Flügel wurden von einem leichten Zittern durchlaufen.

»Aber meine Töchter, was macht ihr da? Müßt ihr euch immer so benehmen? Ein schönes Vergnügen«, beschwerte sich im Hintergrund die Stimme der Wirtin.

»Signora, gönnen Sie ihnen doch ihren Spaß«, gab der Oberleutnant zurück.

»Schwarz wäre er mir am liebsten«, sagte Sara.

»Schwarz? Der mit dem Totenkopf auf den Flügeln? Sehr lustig«, protestierte Ines.

»Ein richtiges Begräbnis dritter Klasse bist du heute.«

»Sara, hat jemand den bösen Blick auf dich geworfen?«

»Was geht es denn euch an, wenn mir die schwarzen gefallen?« keifte sie zurück.

Seine Rechte bewegte sich langsam tastend über den Tisch voran, bis sie das Schälchen berührte.

»Schwarz, hast du gesagt? Sicher?« fragte er sie mit leiser Stimme und versuchte ein Lächeln aufzusetzen.

»Ja. Warum?«

Mit einem Mal schlug die behandschuhte Linke auf die Schale und zertrümmerte sie unter erschrockenen Schreien.

»So. Jetzt ist er schwarz. Wie der Tod«, sagte er anschließend, ohne sich die Splitter aus der Prothese zu ziehen.

»Was geht hier vor? Was ist denn runtergefallen?« fragte der Oberleutnant beunruhigt. »Wollen wir jetzt über das Fest reden?«

»Zwei Aufträge für dich, Ciccio. Meinen weißen Anzug in die Reinigung, Flecken entfernen und bügeln, aber sofort. Und der Champagner. Ich traue den anderen Sorten nicht. Das Bikarbonat, das sie denen verpassen«, sagte er.

»Gut, Signore.«

»Zehn Flaschen. Das wird nicht zuviel sein.«

»Gut, Signore.«

»Aber mit Ruhe. Wir gehen heute nicht aus.«

»Diese Sara«, begann ich.

»Was?« hörte ich seine hinterhältige Stimme.

»Nichts. Ich war auf alles gefaßt, als ich nach Neapel kam, aber nicht auf diese Mädchen. Und Sara. Ich wußte nicht.«

»Und was hättest du wissen sollen?« antwortete er trokken. Aber gleich darauf, müder: »Denk an dich, Ciccio. Es bringt nichts, wenn du über die andern herumrätselst. Denk an dich, sei Tourist.«

Als ich seinen Anzug zusammenfaltete, sah ich sie aus dem Fenster seines Zimmers in den Korbsesseln auf der Terrasse sitzen. Er unerschrocken, trotz der großen Hitze, die Zigarette schwenkend, der Oberleutnant schlaff, als ob er schliefe. Der Sonnenschirm schützte sie mit einem dürftigen grauen Kreis, der der brennenden Sonne widerstand. Hinter der Brüstung brauste dumpf die Stadt bis hin zum tiefblauen Meer.

»Sollen wir noch einmal darüber reden? Denkst du daran?«

»Nein, Hauptmann, warum? Glaubst du mir nicht?« entgegnete der Oberleutnant schwach, die Hände sofort in Bewegung. »Hatten wir nicht gesagt, das es noch schlimmer ist, darüber zu reden?«

»Und ob es schlimmer ist.«

»Also Schluß damit. Jetzt ist alles klar. Bitte«, hauchte der andere, »wir haben alles mehrmals durchgesprochen. Schluß.«

»Vor zehn Tagen, als ich dich angerufen habe. Und auch davor. Da bist du mir sicherer vorgekommen.«

Ich hörte auf, mit dem Packpapier zu hantieren, damit sie das Rascheln nicht bemerkten. Seine Stimme schien mir noch immer nicht von der Traurigkeit befreit, die ihn in den vergangenen Stunden umfangen hatte.

»Aber ich bin überzeugt. Wie du auch. Mehr als du, vielleicht, wenn du gestattest. Zweifel nicht daran, Fausto. Und jetzt hören wir damit auf. Bei dieser Hitze«, sagte der Oberleutnant.

»Ich habe dich gehört. Heute nacht.«

»Das solltest du aber nicht. Du solltest es nicht«, kreischte der andere, aber seine Wut hielt nur einen Augenblick an, die Worte begannen wieder, in seinem Hals zu zittern: »Das ist meine Angelegenheit. Der eine weint, und der andere lacht. Was bedeutet das schon? Welchen Unterschied macht das aus? Ausgerechnet du willst mich belehren?«

»Genau. Und außerdem pfeife ich darauf.«

»Wenn es doch nur eine Sache gäbe, auf die du nicht pfeifen würdest«, klagte der Oberleutnant.

»So, wie ich gekommen bin, kann ich wieder abfahren. Auch morgen. Auch heute nacht. Und jeden seinem eigenen Schicksal überlassen«, sagte er barsch.

»Aber nein, nein. Jetzt ist schon alles beschlossen. Du brauchst keine Zweifel mehr zu haben. Wenn du jetzt noch zweifelst, dann beleidigst du mich«, widersetzte sich der andere mit dem bißchen Stimme, die ihm noch verblieben war: »Doch sieh mal: Du bist es gewesen, der diesmal wieder davon angefangen hat. Das wirst du zugeben müssen.«

»Du hast recht. Touché«, lachte er bitter.

»Und das Fest? Wir werden doch keinen Fehler gemacht haben? Diese Mädchen, arme Dinger, daß der liebe Herrgott sie immer beschütze; diese Sara, die wirklich keine Ruhe finden kann. Und dabei ist sie doch so intelligent.«

»Das Fest geht in Ordnung. Schwer in Ordnung. Als gäbe es nichts Besseres. Und wir werden sogar versuchen, es zu genießen.«

»Ja. Was für nette Mädchen, nicht wahr? Ihre ganze Zeit verlieren sie, die ganze Geduld, mit Kreaturen wie uns. Erinnerst du dich an den Vater von Sara und Candida? Was hätte er nicht alles für dich getan. Die Verehrung, die er dir entgegenbrachte. Und dabei wird er dich nicht öfter als dreimal gesehen haben. Aber du und Sara, könntest du nicht…«

»Nenn um Himmels willen nicht einmal mehr diesen Namen, du Idiot«, brach es böse aus ihm hervor.

Ich hatte mich in das Restaurant begeben, um nach irgendeiner Reinigung zu fragen. In dem schattigen Saal saß Sara über ein Buch gebeugt. Sie wandte sich um.

»Ich lerne nicht im voraus, so fanatisch bin ich nicht«, lachte sie und wurde rot. »Nur ein erster Blick. Die neuen Bücher. Medizin. Wie schrecklich.«

»Nimm's leicht. Nichts ist leichter als die Universität. Du wirst sehen«, erwiderte ich und fragte sie wegen des Anzugs.

»Na, was denn? Ist der andere Soldat nicht erschienen? Dieser Micciché, der Archivar? Drückeberger. Er hat die besondere Gabe, noch die kleinste zusätzliche lästige Angelegenheit zu riechen. Gib ihn mir. Ich schicke einen Küchenjungen. Setz dich.«

Verlegen drehte sie sich um, die Arme verschränkt, die Hände unter den Achseln verborgen.

»Die anderen treffen schon die Vorbereitungen. Ich bin in der Küche eine Null. Ein richtiges Unglück. Ich kann das wirklich nicht lernen, ich finde keinen Gefallen an bestimmten Frauensachen. Was bin ich für ein hoffnungsloser Fall. Sie dagegen, wenn du sehen könntest, wieviel sie arbeiten und sich auch noch vergnügen. Und sie sind noch viel mädchenhafter, alle ein Jahr jünger als ich.« Sie setzte sich, schloß das dicke Buch und vermied es, mich anzusehen. »Kannst du bleiben? Nur eine Minute. Hast du Durst? Willst du etwas trinken?«

Ich wartete, daß sie anfinge, doch sie stierte auf den Rücken des Buches. Weiße, aufgestellte Servietten liefen in doppelter Reihe über die Tische, ein Raumspray hatte die Luft aufgefrischt.

»Sie sind gar nicht schlafengegangen«, sagte ich schließlich.

»Er ruht niemals aus«, lächelte sie ruhig, eine Falte zwischen den Augenbrauen.

»Auch der Oberleutnant nicht.«

»Oh, der arme Vincenzo«, liquidierte sie ihn mit einer Grimasse, »der zählt nicht. Hast du gesehen, er ist ein Nichts, ein Niemand. Ein guter Mensch, ein Heiliger, das ja: Aber was braucht man schon dazu?«

»Sie scheinen noch nicht einmal Freunde zu sein.«

Sie lachte, ein trockener Stoß aus der Kehle, um dann ernst zu sagen: »Keiner kann ihm ein Freund sein.«

»Ich habe sie miteinander reden hören, auf der Terrasse. Verstanden habe ich nichts. Es scheint sich um eine Art Abmachung gehandelt zu haben.«

»Fausto kann mit keinem über nichts und niemanden Abmachungen treffen.« Sie lachte ein wenig auf. »Du kennst ihn mittlerweile. Er ist eine einzigartige Kreatur.

Ein Genie. Bist du davon überzeugt? Entweder liebt man ihn – oder gar nichts.«

»Er ist auch furchtbar«, sagte ich.

Sie lachte glücklich.

»Aber sicher ist er das.« Sie hob leicht die Stimme: »Schrecklich, der Teufel, eine Strafe Gottes, alles, was ihr wollt. Aber die anderen? Wer sind sie? Wo sind sie? Wo landen sie? Was wollen sie? Blickst du dich nicht um? Die Welt? Ein Reinfall.«

Sie hatte eine Hand befreit, und der Daumen schnappte wiederholt aus dem Griff der anderen, die zu einer Faust geschlossen war. Der Daumennagel war flach und rosig.

»Ein Reinfall. Sonst nichts«, wiederholte sie langsam.

»Ich habe ihn gewisse Dinge sagen und machen sehen«, sagte ich. »Seine Gewalttätigkeit. Und irgendwie, das versteht sich, ergibt man sich, rechtfertigt dieses Verhalten, vergnügt sich möglicherweise sogar dabei und gibt ihm auch noch recht. Ich bin ihm ein Freund, im Ernst, und er weiß das.«

Sie verneinte mit einem Kopfschütteln, ihr melancholisches, geheimnisvolles Lächeln widersprach mir.

»Weder du noch die anderen. Ich habe es dir bereits gesagt. Er kann keine Freunde haben. Er kann nicht«, antwortete sie.

»Und trotzdem«, entgegnete ich lediglich.

»Ich will sagen: Ich bezweifle nicht, daß du sein Freund sein wirst«, fuhr sie vorsichtig fort, indem sie jedes Wort betonte, »aber siehst du, daß auch du diskutierst, etwas an ihm auszusetzen findest, argumentierst? Und über ihn läßt sich nicht vernünftig reden, bei ihm ergibt zwei plus zwei niemals vier, vielleicht fünf, vielleicht drei, aber vier wirklich nie. Man muß ihn annehmen, wie er ist, und Schluß.«

»Du bist eine Frau und...«

»Ich bin keine Frau. Schön wär's. Oder vielleicht auch nicht. Was weiß ich?« erwiderte sie störrisch. »Was bedeutet das, Frau oder nicht Frau? Sie sagen, ich sei in ihn verliebt. Alle sagen es, selbst meine Mutter, das arme Geschöpf, und heimlich machen sie sich über mich lustig. Allerdings nur heimlich. Doch das ist nicht die dumme Liebe, die Ohnmacht, die Eselei, die sie sich vorstellen. Ich habe mich bloß entschieden. Ich habe eine Wahl getroffen. Wie ein Hund auf der Straße hinter einem Typen herläuft, und nur hinter dem. Und er wartet. Er wartet und braucht sich nicht zu erklären.«

Ich ertrug ihren Blick nicht, der im Laufe der Beichte Mut gesammelt hatte.

Ich fühlte mich auf dumme Weise entwaffnet.

»Es ist keine Liebe«, sagte sie. »Es ist Treue, ist Glaube, Glauben und Warten. Und andere Dinge mehr. Nenn ihn, nennt ihn, wie ihr wollt.«

»Wenn du es so siehst, brauchen wir nicht mehr weiterzureden«, gab ich zur Antwort.

»Ach? Warum sollte ich ausgerechnet mit dir darüber reden?« sagte sie heftig und beleidigt, die großen Augen weit geöffnet. »Du kommst hier an, und ich habe hier gesessen und gewartet, um dich zu sprechen? Du kannst mir bestenfalls sagen, wie die Reise gewesen ist, ob er viel gehustet hat, mit wem und wie und warum er gestritten hat. Das ist alles.«

»Gut. Ich muß gehen. Der Champagner.«

»Bitte«, geschwächt beugte sie sich über den Tisch, »eine Minute noch. Nur eine. Sei nicht böse mit mir. Erzähl mir etwas über die Reise.«

»Anstrengend. Niemals Ruhe. Eine rasende Angelegenheit. Ich komme mir vor, als wäre ich überall und nirgends gewesen, ich weiß nicht, wie ich das erklären soll. Mein Kopf schwirrt noch immer.«

»Ja, ja, genau, sicher«, lachte sie leise nickend, »besessen, besessen...«

»Zoologische Gärten, gesungene Messen, Taxis. Und kennst du die Beleidigungen, die er um sich herum ausstreut?«

»Er beleidigt nicht. Er verdammt«, widersprach sie sicher.

»Die Bar. Das Trinken. Ich hab' nie einen soviel trinken gesehen.«

»Wenn er getrunken hat, ist er ein Gott. Bist du überzeugt? Einmal sagte er: Hißt sie hoch, die schönen Fahnen…«

»Und so weiter und so fort. Kenne ich. Das ist typisch für ihn, wenn er total voll ist«, antwortete ich.

»Wenn er betrunken ist, ist er wundervoll.«

»Vielleicht deshalb, weil du dich noch aus Kinderzeiten an ihn erinnerst, aber…«, wandte ich ein.

»Ich erinnere mich und ich weiß«, sagte sie schwungvoll. »Ich weiß alles. Während diese Welt hier aus Würmern besteht. In der Schule habe ich etwas über den Olymp gelernt, aber um ihn herum, was ist da? Würmer, die weder reden noch wissen, noch verstehen.«

Sie hatte jetzt auch die Stirn ganz über das Buch gesenkt, so daß ich zwischen den Haaren den leicht weißen Scheitel sah und einige hellere Locken am Nacken.

»Ich bin auch kein Optimist«, sagte ich. »Das heutige Leben ist das Durcheinander, die Katastrophe, die wir kennen. Für uns junge Leute…«

»Ich glaube, daß es auch andere Welten gibt«, seufzte sie verborgen. »Sie sagen: Wenn es sie gäbe, hätten diese anderen Welten versucht, mit der unseren Kontakt aufzunehmen. Ach wirklich? Meinst du? Wenn du eine andere Welt wärst, hättest du dann das Verlangen danach, mit uns in Verbindung zu treten? Sag.«

»Ich wäre schön blöd«, sagte ich.

»Glaubst du nicht, daß wir alle sterben werden?« flüsterte sie weiter. »Alle auf einem Haufen? Ist das noch Leben? Es kann so nicht weitergehen, das Leben. Das, was sich Leben nennt. Keiner versteht es, aber er hingegen weiß. Er weiß, daß wir dumm, gemein, unfähig und verfault sind. Er hat verstanden.«

»Läßt du mich auch einmal etwas sagen?«

»Na los«, fügte sie sich.

Ich wartete einen Moment, um ordentlich die nötigen Worte aufzureihen, für sie den richtigen Ton zu finden.

»Du beziehst alles auf ihn. Du hast dir eine Vorstellung gemacht und weichst nicht mehr davon ab. Ausgezeichnet. Aber wozu dient dir das? Einverstanden, er ist etwas Besonderes, etwas ganz Besonderes, niemand bestreitet das. Und weiter? Nur weil er blind ist? Es gibt Millionen Blinde.«

»Wir haben schon vorhin darüber geredet. Auch Vincenzo ist blind. Aber er ist ein Nichts, alles Luft. Er versteht noch nicht einmal sein Schicksal. Also verdient er es nicht«, schüttelte sie hartnäckig den kleinen Kopf im Schutze der Ellenbogen.

»Welches Schicksal denn? Das als Blinder? Er ist doch nicht so geboren«, sagte ich plötzlich erhitzt. »Das ist keine griechische Tragödie, es ist ein Unglück. Es hat es auf eine bestimmte Weise angenommen, mit seinem Charakter. Deine Schuld und Dickköpfigkeit, wenn du etwas anderes darin siehst.«

Sie lachte müde in ihrem Gehäuse.

»Vergebens. Du willst erforschen, erklären. So wirst du niemals ankommen. Ihr alle, wenn ihr an der nächsten Straßenecke einen Engel sehen würdet – was würdet ihr tun? Ich sage es dir: Ihr würdet seine Federn zählen. Um sicherzugehen, zur Kontrolle. So seid ihr.«

Wieder lachte sie, aber fast klang es wie ein schwacher Seufzer.

»Versuch mal dieses Spiel. Verbinde dir die Augen und bleib so einen Nachmittag in deinem Zimmer oder einem Park. Und da beweg dich dann, entdecke die Sachen, such...«

»Hast du das gemacht?«

»Ich? Was habe ich damit zu tun?« wies sie mich barsch ab.

»In Ordnung. Ich habe verstanden. Es reicht«, gab ich auf.

»Ja, es reicht«, schien sie sich zu beruhigen.

»Kopf hoch«, machte ich mir Mut. »Ich verurteile dich nicht. Und ich würde mich auch nie über dich lustig machen. Im Gegenteil. Aber vielleicht verstehst auch du etwas nicht. Vielleicht sind wir zu jung, um zu verstehen.«

Sie schüttelte wieder ihren Kopf zwischen den Ellenbogen und verneinte.

»Auch ich weiß, daß er anders ist«, antwortete ich.

»Es genügt nicht, ›anders‹ zu sagen. Zu einfach«, hob sie ihren Kopf wieder, der Blick wie eine Klinge, die anderswohin zeigte. »Und der Schmetterling von heute früh? Denkst du an den?«

»Ah. Nette Geste.«

»Absolut. Ich sage das so, um dir zu helfen, etwas zu verstehen«, lachte sie mich aus, von der anderen Seite ihrer Mauer. »Nur er ist zu absoluten Gesten in der Lage. Er erdenkt sie, er macht sie. Wer das begreifen kann, der begreife.«

»Was mich wundert, ist, daß alle ihn machen lassen. Im Grunde lassen wir ihm bei allem Freiheit, immer. Nie irgendein Protest.«

»Er weiß«, fuhr sie mit geschlossenen Augen fort. »Die Welt ist Zerstörung. Und er hat diese Zerstörung in sich. Du siehst ihn da so, unbeweglich, wunderschön, und im Innern ist er statt dessen voller Trümmer. Dabei achtet er alles, denn er ist auch höflich. Wenn er wie ein Engel ist, kann ihm niemand das Wasser reichen.«

»Wir können Stunden so weiterreden. Du dort, ich hier, ohne etwas zu erreichen.«

Sie stimmte mit einem Nicken zu, der Blick dunkel, am Hals eine Ader, die rhythmisch unter der Haut schlug.

»Und die Frauen?« frage sie auf einmal. »Du bist nicht verpflichtet, mich jetzt zu belügen. Sprich: Hat er auf der Reise nach anderen Frauen Ausschau gehalten? In Rom?«

»Nein.«

Sie atmete ein, beruhigt, aber ohne Freude.

Dann rief sie mit wilder Verachtung: »Dämliche Ziegen. Zu Tausenden müßten sie hinter ihm herlaufen, wenn sie irgend etwas in ihren Köpfen hätten. Wäre ich eine richtige Frau, was würde ich mir für Dinge ausdenken. Für ihn, unvorstellbare Dinge.«

»Er ist zwanzig Jahre älter als du.«

Sie lachte: »Einundzwanzig. Was sage ich? Zehntausend. Eine Million. Und auch das ist wunderschön, paßt bestens.«

Sie blätterte eilig das Buch durch, um mir dann eine kleine Fotografie hinzuhalten, die von einem durchsichtigen Umschlag geschützt wurde.

Befriedigt errötete sie: »Schau.«

Sie ging ihm kaum bis zur Taille. Die weißen Mädchenstrümpfe reichten bis zu den Knien. Sie liefen der Sonne entgegen, seine Rechte auf ihrer schwachen Schulter, der Rohrstock durch seine Bewegung nahezu völlig verschwunden. Sie, das Kind, lachte, die Zähne waren zu sehen. Er, in blendendem Weiß mit den dunklen Flecken der Augen, die Krawatte, der linke Handschuh ließen die wenigen anderen Elemente auf dem Bild, eine Bank, einen grauen Busch, im Nichts versinken.

»Vor vielen Jahren«, erklärte sie mir sanft mit leiser Stimme, »hat mein Vater diese Aufnahme gemacht. Aber wehe, wenn du es ihm verrätst. Er weiß nichts davon. Er soll es nie erfahren.«

Ich fühlte mich plötzlich niedergeschlagen und verloren in diesem erwärmten Schatten, im säuerlichen Kribbeln des Raumsprays.

Nur aus einem düsteren Ärger heraus entfuhr es mir: »Hast du ihn denn noch nie ohne Brille gesehen?«

Das Lächeln, das sich auf ihrem Gesicht abzeichnete, wirkte wie eine Herausforderung.

»Aber gewiß doch. Du vielleicht nicht?« antwortete sie

stolz. »Aber du hast schlecht daran getan zu fragen. Was wolltest du? Mich in Angst versetzen? Das würde dir nie gelingen.«

Ich schwieg, fühlte mich zurückgestoßen, ohne Bestimmung. Ihre Widerspenstigkeit hatte in meinem Gehirn jegliches vernünftige Denken ausgelöscht, um mich leer zurückzulassen.

Wir waren aufgestanden, sie begleitete mich zur Tür. Auf der Straße eine gläserne Hitzewand. Lärm und lautes Geschrei drangen über die Schwelle.

»Hundert Meter, die erste rechts. Eine Luxus-Weinhandlung«, erklärte sie. »Du kannst den Namen des Restaurants nennen, ich habe schon angerufen. Bist du überrascht? Weshalb? Ich kann Dinge erahnen. Was ihn betrifft, schaffe ich es, fast alles zu erahnen. Ich wette, er will mindestens acht Flaschen.«

»Zehn.«

»Siehst du? Und dazu noch ein Herr.« Bei Tageslicht wirkte sie sehr blaß. Die Falte zwischen den Augenbrauen war zart und sah wie ein Grübchen aus. »Wer weiß, ob es uns beiden gelingt, noch ein wenig miteinander zu reden.«

»Morgen nacht reise ich ab. Glaube ich wenigstens. Er wollte mir wie gewöhnlich nichts sagen.«

»So war er immer.«

»Ich weiß. Das habe ich auch schon verstanden.«

Sie hatte ihre Hände wieder unter den Achseln und trat der Straße und dem Lärm mit ernster Miene entgegen. Einen Augenblick lang kam sie mir alles andere als jung vor.

»Ich habe dich gar nichts über Turin gefragt, dumm wie ich bin. Ist es wirklich so schön, wie gesagt wird? Ich will dorthin auf die Universität. Ein ganzes Jahr werde ich benötigen, um meine Mutter zu überzeugen und zum Nachgeben zu bewegen, das weiß ich jetzt schon, aber am Ende... Ich habe einen besonderen Kopf. Wenn ich mich auf etwas versteife und Druck mache, dann komm ich auch ans Ziel. Immer.«

»Du bist recht tüchtig.«

»Nenn mich nicht tüchtig«, beschwerte sie sich schroff. Eine Geste mit der Hand erstarb umgehend in der Luft. »Ich hasse das tüchtige Mädchen, dem von allen Komplimente gemacht werden. Ich habe nur mein eigenes Blut. Das ist alles. Und daß dir kein Wort über Turin rausrutscht. Schwöre.«

»Ich schwöre.«

»Warum ist er heute nicht spazierengegangen?«

»Er wollte nicht.«

»Wenn er nicht wenigstens ein bißchen herumläuft, wird er nervös. Es ist noch Zeit, bis zum Abendessen. Weshalb schlägst du es ihm nicht vor, wenn du wiederkommst? Vielleicht hat er dann schon seine Meinung geändert.«

»Wenn ich rede, sagt er sofort ›nein‹. Darauf kann man wetten.«

»Das ist wahr«, lachte sie und schaukelte mit dem Oberkörper, den Kopf leicht gedreht. »Dieses ›Nein‹ von ihm. Wunderbar. Ein Schuß aus der Büchse. Gegen alles.«

»Aber ich werde es ihm dennoch vorschlagen, in Ordnung?«

Sie nickte, ihre Zähne bissen hastig auf die Oberlippe und bearbeiteten sie.

»Nur eines noch«, sagte ich, »seit wie vielen Jahren hast du… Geschrieben hast du ihm nicht. Hast du also mit ihm telefoniert?«

Sofort zog sie sich hinter ein gläsernes Lächeln zurück.

»Nichts da«, entgegnete sie mit erstickter Stimme, »überhaupt nichts. Schluß jetzt: Ich habe schon zuviel erzählt.«

»Aber er…«

»Er ist zu Hause, muß spazierengehen, muß essen. Sonst nichts. Lassen wir alles so, wie es ist.«

»In Ordnung.«

»Hat er vielleicht mit dir darüber geredet? Über mich?« Ihre Stimme kam mit einem leicht gedämpften Hauch heraus.

»Nein. Wirklich nicht...«

»Nicht einmal ein Wort, sicher«, verzog sie das Gesicht. »Du mußt jetzt gehen. Mach einen schönen Spaziergang, sieh dir Neapel an, es ist noch immer eine vornehme Stadt. Und sei zufrieden.«

»Der Tourist gehorcht«, versuchte ich zu lachen.

»Ein letztes Wort noch«, sagte sie und überwand ein Zögern. »Ich muß mich auf dich verlassen können. Unbedingt. Also hör zu: Versuch heute abend, nicht ständig an seiner Seite zu sein. Ich bitte dich.«

Ich fühlte, wie ich errötete.

»Er ist es gewesen. Er hat gestern gesagt, daß ich mich nicht rühren dürfte. Ich schwöre dir, daß ich...«

Sie nickte mit dem Kopf, hatte ebenfalls rote Wangen.

»Ich weiß, ich weiß. Du mußt mir nichts erklären. Böse bist du nicht, das habe ich schon verstanden. Aber heute abend, sobald du kannst, geh weg. Du sagst nichts und verschwindest auf den Zehenspitzen. Du wirst doch auch ab und zu mal ein Bedürfnis haben? Und schließlich ist das Haus groß. Oder du kannst Ines nachstellen. Sie ist sympathisch, scheint ein Lästermaul zu sein, kennt sich aber aus und ist modern eingestellt. Und sie sieht dich in so einer gewissen Weise an. Das hast du bereits bemerkt, nicht wahr? Oder interessiert sie dich überhaupt nicht? Eine Minute nur. Mir reicht schon eine einzige Minute während des ganzen Abends. Einverstanden? Meinst du, das kannst du einrichten?«

»Versprochen. Aber Ines braucht es dazu nicht. Das heißt: Ich werde sie mir nur deswegen nicht anlachen. Ich weiß schon, was zu tun ist.«

Sie blickte weg und lachte, dann umfaßte sie ihren Arm, als würde sie frieren.

»Du betrachtest dich als seinen Freund«, sagte sie, erschöpft von den vielen vergeudeten Worten. »Also darfst du nicht glauben, daß ich ihn ausgerechnet in dieser Minute, ausgerechnet heute abend mit wer weiß was für einer Bemerkung in Aufregung versetzen will. Bestimmt nicht.«

»In Ordnung. Außerdem geht mich das nichts an. Ich bin außen vor«, erwiderte ich verwirrt.

»Wir sind alle außen vor, außerhalb von ihm. Der eine mehr, der andere weniger«, stimmte sie ernst zu. »Ich genauso wie die anderen, vielleicht mehr als die anderen, wer weiß. Aber ich werde ihm nichts erzählen, was ihn aufregen könnte. Du brauchst dir darüber keine Gedanken zu machen.«

»Einverstanden, einverstanden. Was geht mich das auch an?«

Wir sahen uns noch einen Moment an. Die Verlegenheit zwischen uns wuchs.

»Entschuldige«, kreischte sie zwischen ihrem Gelächter, »was bin ich für ein Flegel. Ich habe noch nicht einmal nach deinem Namen gefragt. Wie heißt du richtig?«

Fast verdrossen, mit einer widerstrebenden Stimme, nannte ich ihr meinen Namen.

Auf einmal reichte sie mir die Hand und drückte die meine mit einem eifrigen Griff, befreite sich dann aber sogleich wieder.

»Und nun gehe ich mir die Proteste und die Wut dieser drei gepuderten Dämchen in der Küche anhören«, lachte sie erneut. »Die Küchenfrauen kannst du dir nicht vorstellen. Sie halten sich alle für Johanna von Orléans. Entweder Johanna oder Madame Curie.«

Sie schob die Glastür zurück, die sich ohne ein Geräusch sanft wieder schloß und beim Gleiten in einer absurden, überlagerten Perspektive das Treiben auf der Straße widerspiegelte.

10

»Vincenzo, Vincenzino, was ist los? Warum kommst du nicht? Gerade jetzt gehst du weg? Wie sollen wir denn spielen, wenn du weggehst«, hatten die Mädchen gerufen.

Aber der Oberleutnant hatte sich zu einem Sessel im Nebenzimmer geschleppt, völlig fertig vom vielen Essen und Trinken.

»Laßt ihn«, entschied er.

Er streckte den Zeigefinger aus und begann, eine der Handflächen, die sich ihm entgegenspreizten, abzutasten.

»Nicht kitzeln«, rief Michelina und schüttelte ihre Hand, zog sie zurück.

»Halt doch still. Sei ruhig. Dummerchen«, protestierten die anderen aufgeregt, voll angespannter Aufmerksamkeit.

Der Zeigefinger fuhr leicht und vorsichtig über die Hand.

»Ein wunderschöner Venusberg, du wirst die Männer ganz schön fertigmachen«, verkündete er mit akademischem Ernst.

»Ich auch, ich auch«, drängten schon die andern.

»Noch etwas, bitte, die Herzenslinie«, bat Michelina, ganz auf ihre Handfläche und den Finger konzentriert, der darüber hinstrich.

Sara sah mich an; auch sie hatte die Hand ausgestreckt, ein nachsichtiges Lächeln ließ sie noch müder erscheinen. Ich zog mich zum Tisch zurück, um mich in den Luftzug der beiden Ventilatoren zu setzen. Die Hitze klebte wie eine zweite Haut, von der Terrasse kam kein kühler Windhauch, und auch die Ventilatoren zerhackten die Luft nur in stickige Wirbel.

Winzige Eisreste schwammen noch in einer Suppenschüssel, Teller, Suppenteller, Besteck, Gläser hatten sich bis auf den letzten freien Zentimeter zu einem riesigen Berg aufgetürmt; ein inzwischen lauwarmer Rest Champagner stand in den Flaschen.

Das Spiel ging weiter, unter dem erregten Gelächter der Mädchen, die im Kreis auf dem Diwan saßen, er, betrunken, sonnte sich darin, nach eigener Willkür zu urteilen, die Ellenbogen aufgestützt.

»Ich auch die Herzenslinie.«

»Und das doppelte M hier, fühlst du es? Was bedeutet das doppelte M?«

Der Atem des Oberleutnants drang rauh in die Stille, wie ein Röcheln.

Vorher war da der Liederwettbewerb gewesen. Noch am Tisch, nach ein paar kläglichen Versuchen, Trinksprüche auszubringen. »Aber kein richtiges Lied. Gott bewahre. Nur eine kurze Strophe. Eine geistreiche. Und wer keine weiß, muß für immer den Mund halten«, hatte er festgesetzt.

Rasch war Ines aufgesprungen und hatte geträllert:

»Fischers Fritze fischt frische Fische...«

»Das gilt nicht. Das ist ein Zungenbrecher und kein Lied«, hatten Candida und Michelina neidisch abgewehrt.

»Wer gewinnt den Schokoladentaler?« hatte er wieder gesagt und mit einer Gabel Teller und Gläser zum Klingen gebracht. »Los Ciccio, laß auch mal was hören.«

Meiner Wirkung gewiß hatte ich mit brummendem Schädel angefangen, zu singen:

Rot ist der Arsch des Äffchens
Rot sind die Flaschen Wein
Rot ist der kaputte Arsch
Vom verstorbenen Joseph Stalin...

In das Gejohle und Gelächter hinein hatte sich die matte Stimme des Oberleutnants vom Kopfende des Tisches her bemerkbar gemacht: »Geistreich könnt ihr ja gern sein, aber unanständig wollen wir nun doch nicht werden...«

»Sei still, Vincenzino, sei doch still, ist das jetzt ein Fest oder nicht?« hatten die Mädchen erwidert.

»Vincenzo, du bist eine alte Flasche«, hatte er ihm angriffslustig vorgeworfen.

Aber niemand wollte sich mehr zum Singen entschließen, mit glänzenden Augen suchten sie in der Erinnerung nach Liedfetzen, die, kaum begonnen, wieder verstummten. Und in der Luft lag eine gewisse Verlegenheit, ein Unbehagen.

»Also«, hatte er ungeduldig gefragt.

»Sara ist dran. Sara.«

»Sara soll singen? Nicht einmal im Traum. Dazu läßt sie sich nicht herab.«

»Sara ist gar nicht da. Seht ihr nicht, daß sie nicht da ist?«

»Ganz wie ihr meint. Ich bin nicht da. Geht mir nicht auf die Nerven«, hatte das Mädchen mit einem bösen Blick erwidert.

Bis er plötzlich, erst unsicher, dann immer gelöster, sozusagen von der gewollt getragenen Weise gerührt, sang, während wir fasziniert zuhörten:

Es wäre besser, wenn ich dich nicht geliebt hätte,
ich konnte das Glaubensbekenntnis,
und jetzt hab' ich es vergessen.
Und da ich das Ave Maria nicht weiß,
wie werd' ich dereinst meine Seele retten...

»Oh, Fausto«, war es Sara herausgerutscht.

»Und das soll lustig sein? Das nennst du geistreich?« hatte der Oberleutnant darauf geantwortet.

»Du hast recht«, hatte er, seltsam niedergeschlagen, zugegeben, die Hand bereits auf der Suche nach dem Glas. »Vorwärts. Jetzt ist eine von euch dran. Los.«

»Ein schönes Fest. Wirklich schön. Wie Allerseelen«, hatte sich der Oberleutnant weiter beschwert, und verärgert war er vom Tisch aufgestanden.

Sara war so geschickt gewesen, eine Flasche umzuwerfen, ihre Schwester und die Freundinnen gleich abzulenken, indem sie sie drängte, aufzuwischen und die Scherben aufzusammeln.

»Ich liebe ihn nicht. Warum liebe ich ihn heute abend nicht? Mein Gott, ich halt' es nicht aus«, flüsterte sie in einer Ecke der Terrasse.

Sie bohrte die Finger der Linken in die rechte Faust, unter ihren glänzenden Augen lagen tiefe Ringe. Sie versuchte, tief Luft zu holen, brach aber mittendrin ab, als ob sie erstickte, und verzog schmerzlich den Mund.

»Verstehst du das? Hast du das verstanden?«

»Ich glaube, ja«, antwortete ich, während ich es im stillen gar nicht versuchte.

»Ich möchte, daß er tot ist. Verschwunden. Daß es ihn nicht mehr gibt. Ich kann es nicht mehr ertragen. Aber was glaubt er eigentlich? Daß ich aus Stein bin? Ein Nichts?«

Sie riß an dem kleinen Goldkettchen um ihren Hals.

»Wenn du willst, sag' ich ihm was. Ich kann es ja versuchen«, ließ ich mich resigniert vernehmen.

Sie wehrte mit einer heftigen Bewegung ab.

»Und diese drei Idiotinnen. Hör sie dir nur an. Wie die Hühner. Sie glauben wohl, sie sind im Zirkus«, klagte sie müde.

»Es ist schon spät«, sagte ich.

»Wir machen bis zum Morgen durch. Ich sage dir, wir machen bis zum Morgen durch«, erwiderte sie voll kalter, eigensinniger Wut. »Ich will erleben, wie sie sich fertigmachen. Wie die Tiere. Säufer, das sind sie, nichts weiter. Herzlose Säufer. Nie danken sie es einem, wenn man ihnen ein Opfer bringt.« Ihre Worte kamen scharf wie Geschosse.

»Übertreib nicht. Wir wissen es doch, Sara. Wenn er auch nur den kleinen Finger heben würde…«

Ihr Kinn zitterte, die Schultern sanken herab.

»Wenn er den kleinen Finger heben würde. Sicher«, antwortete sie mit Mühe, »ich würde rennen. Ich bin doch sein treuer Hund, oder nicht? Ich muß ja rennen. Aber das hat jetzt keine Bedeutung mehr. Heute abend hat er es geschafft, daß mir der Körper zu Eis gefroren ist. Und ich sage dir: Wenn ich schlau wäre, würde ich mich dafür bei ihm bedanken. Für seine Hilfe.«

Ich lehnte mich an die Brüstung, um die schweigende Stadt, die sich unter uns mit ihren Lichtern ausbreitete, und den endlosen, tintenfarbenen Fleck des Meeres zu betrachten. Ein paar Sternbilder bemühten sich hoch oben, den Dunst zu durchdringen, kurz vorher war das gedämpfte Brummen eines Flugzeugs nach einem weiten Bogen verstummt.

»Es ist meine Schuld, ganz allein meine. Dieser unfähige Kopf ist schuld. Abreißen sollte ich ihn, auf den Müll werfen«, jammerte sie wieder, eine Spur Gereiztheit und Ironie in der Stimme, »ich bin eben unheilbar blöd.«

»Es ist immer unsere Schuld«, stimmte ich ihr aus Mitgefühl zu, »wir erfinden uns unsere Mitmenschen selbst, wir machen sie besser als sie sind.«

»Du hast recht«, seufzte sie und versuchte ein Lächeln. »Und er auch, der Arme. Was sollte er auch tun? Mir einen Fußtritt versetzen, damit ich es ein für allemal kapiere? Hier drin ist es, hier bin ich nicht ganz dicht.«

Sie tippte mit dem Finger an die Stirn.

Dann: »Wenn nur mein Vater noch lebte. Er könnte es verstehen. Hast du noch einen Vater? Denkst du an ihn?«

»Ja, ich habe noch einen. Aber ich denke nie an ihn. Ich weiß nicht, warum.« Mehr fiel mir als Antwort nicht ein.

Mein Mund brannte von den Saucen und vom Wein, aber mein Hirn reagierte noch klar auf jede Herausforderung, auf Worte, auf die Gegenstände, die hell ins Licht ragten, wie die Ecke des Klaviers, die Knie der Mädchen auf dem Divan.

»Sieh sie dir jetzt nur an«, rief sie. »Sie sind obszön. Nicht wegen dem, was sie tun, sondern weil sie sich von einem Nichts beherrschen lassen. Leere Hülsen, vertrocknete Kürbisse.«

Im grellen Licht des Wohnzimmers betastete, umfaßte, maß seine Rechte die drei nebeneinander aufgereihten Fesseln, die Mädchen lachten, mal bewegten sie die Füße, mal machten sie sie stocksteif. Sie hatten ihre Anmut verloren, eine plötzliche Befangenheit ließ ihre Bewegungen unsicher und argwöhnisch wirken.

»Eine echte Frau ist die Herrin ihrer Fesseln und für sie verantwortlich«, verkündete er, bedenklich schwankend.

»Hörst du das? Hast du das gehört? Was für einen Blödsinn er da von sich gibt. Ich könnte ihn umbringen«, flüsterte Sara angespannt im Dunkel.

Michelina und Ines hatten die Beine überkreuzt, um ihn zu verwirren, schamhaft schreckten sie zusammen und zogen die Röcke eng um die Knie. Sein Daumen und sein Zeigefinger legten sich ringförmig darum herum, nahmen Maß, überprüften erneut, unsicher.

»Wer ist es, wer ist es.« Herausforderndes Gekreisch.

Er kniete vor ihnen und betastete sie vorsichtig, sein magerer Rücken war gekrümmt, er atmete mühsam.

Schließlich gab er mit einer gelangweilten Geste auf, setzte sich wieder hin und lachte nicht mehr.

»Jetzt geh' ich hinein und ohrfeige sie. Allesamt. Erst die da und dann ihn. Ein paar richtig saftige Ohrfeigen«, sagte Sara. Aber schon hatte sie sich umgewandt, die Ellbogen auf der Brüstung. Ein kindliches Gähnen verzerrte ihr Gesicht.

»Müde?«

»Wahnsinnig müde«, seufzte sie, »aber ich geh' hier nicht weg. Und wenn ich umfalle. Hier bin ich, und hier bleibe ich.«

Frank und Charlie nach einer Spritztour mit einem geliehenen Ferrari

Frank plant seinen Selbstmord

»Du wirst sehen, gleich kommt er und sucht dich.«

»Das möchte ich ihm nicht raten«, versuchte sie zu lachen.

»Ich geh' mal nach dem Oberleutnant sehen.«

»Er schläft. Der schläft immer. Der erstickt noch an seinem eigenen Magen«, antwortete sie tonlos. »Komm bitte gleich wieder. Laß du mich nicht auch noch allein hier stehen.«

Später entdeckte ich ihn im Bad. Er stützte sich auf den Wannenrand, das Wasser schoß in dickem Strahl aus dem Wasserhahn.

»Bist du es, Ciccio? Gott sei Dank. Setz dich. Hör mal, wie schön. Wasser, Wasser«, stammelte er wirr hinter seiner erloschenen Zigarette hervor. »Bleib hier. Reden wir miteinander wie zwei Männer.«

»Ja, Signore.«

»Durcheinander. Chaos. Ist in deinem Kopf nicht auch alles voller Kegel?«

»Es ist spät, Signore.«

»Immer spät. Nie spät. Spät wozu.« Er lachte erschöpft, zuckte zusammen.

Er hatte jede Haltung verloren, die Jacke schlotterte um seinen mageren Körper, das Hemd war zerknittert, der steife linke Handschuh gehorchte ihm nicht mehr, er pendelte hin und her, als ob man ihn herausgeschraubt hätte. Mühsam nahm er seine Armbanduhr ab, hielt sie mir hin.

»Nimm. Ein Andenken.«

»Warum, Signore? Das kann ich nicht.«

»Sei nicht blöde. Nimm und steck ein. Immer. Das ist die einzige Regel.«

»Nein, Signore. Nein danke«, lehnte ich noch entschlossener ab.

»Weil sie aus Gold ist oder nur weil sie speziell für Blinde ist?« Er lachte wieder, ließ sie auf der Handfläche kreisen.

»Sie hatten mir eine Brieftasche versprochen. Einverstanden. Ich würde mich darüber freuen, als ein Andenken an Sie. Aber die Uhr nicht«, sagte ich.

Er spitzte die Lippen, bereits gelangweilt.

Ein bläulicher Schatten lief über seine Wangen, die Hautfalten über dem Kragen waren verschwitzt und bleich.

Er zog die Brieftasche hervor.

»Da. Gut so?«

Ich verzichtete auf jede Diskussion, nahm Geld und Dokumente aus den Fächern, steckte sie in die Innentasche seiner Jacke zurück. Er ließ es zu, ohne sich zu wehren, mit hängenden Schultern.

»Dieses Mädchen«, versuchte ich.

»Wer? Was?«

»Sara. Da drüben. Ein Wort wenigstens hätte sie verdient.« Ich sprach jede Silbe deutlich aus, um das Geräusch des Wassers zu übertönen.

»Sicher. Wieso nicht. Warum nicht«, er nickte schwankend. »Und dann rufen wir Baron an. Mein armer Baron. Ganz allein da oben im Norden. Auch du rufst an. Keine Widerrede.«

»Sicher, Signore. Aber jetzt...«

»Ich gehe schon, du Kuppler. Ich gehe. Ich kann niemandem etwas abschlagen. Kuppler ist nicht so beleidigend wie Zuhälter. Und deshalb sage ich nicht Zuhälter. Richtig?« Er lachte breit, die Zigarette fiel ihm aus dem Mund, ich hob sie auf. Er nahm sie passiv wieder zwischen die Finger, ich merkte, daß er sie kaum halten konnte.

»Mädchen sollte man nie warten lassen. Es sind heilige Geschöpfe. Das weiß jeder. Jeder Mann weiß das.«

»Ich sagte nicht, die Mädchen. Nur Sara«, beharrte ich.

»Sara. Genau«, wiederholte er widerwillig und zog die Nase kraus.

»Jetzt ist alles ganz ruhig. Der Oberleutnant schläft, wenn Sie sich auf die Terrasse setzen, kann Sara...«

»Red doch nicht so furchbar viel. Erbarmen.«

»Entschuldigen Sie, Signore.«

»Ich gehe. Du sei still. Alle sollen still sein. Und mach den Hahn hier nicht zu. Laß mir das Wasser.«

Er zog sich mühsam hoch, bezwang das Zittern seiner Muskeln, richtete den Rücken auf.

»Ich bin tot, Ciccio«.

»Signore...«

»Ein Toter. Was weißt du schon davon? Sei still. Ein Toter im Delirium.« Er setzte steif einen Fuß vor den andern in den Korridor, die rechte Hand vorgestreckt. Ein betrunkener Toter. Trunkenheit ist lästig. Der Oberleutnant schläft? Diese ausgestopfte Seele. In einer viertel, halben Stunde: alle mir aus den Füßen. Verstanden?«

»Ich bringe die Mädchen nach Hause. Machen Sie sich keine Sorgen«, beruhigte ich ihn.

Er lachte bitter: »Ich sollte mir Sorgen machen? Weswegen?«

Seine Rechte tastete sich an der Wand entlang.

Sie hatte sich ihm gegenübergesetzt, die Arme gekreuzt, alle Aufmerksamkeit auf ihn gerichtet; er redete, in den Rohrsessel hingestreckt.

Ines blätterte in einer alten Zeitschrift, Michelina und Candida gingen mißlaunig mit Tellerstapeln und von Gläsern überbordenden Tabletts hin und her.

Die nächtliche Hitze schien hin und wieder von einem Schauer feuchter Frische durchbrochen.

Der helle, rosige Klumpen des Zimmers mit all seinem Durcheinander hatte sich in meinen Augen zu einem Ort ausgedehnt, der sich für alle Zeit dem Einklang, dem Willen der Welt entzog. Schon enteilte er, um sich in einem Winkel der Erinnerung zu verkriechen.

Ist das alles im Leben? frage ich mich, wenn auch nicht wirklich, ohne echte Neugier.

Ines hatte die Brille abgenommen, um mir unsicher zuzulächeln, ich zog die Schultern zusammen, mit plötzlicher, gewollter Schüchternheit, ohne mich zu rühren. Hier und dort spürte ich die Müdigkeit, doch der Kopf war noch hellwach, wißbegierig. Sara litt unbeweglich, ihr Profil war ein kaum sichtbarer Fleck in der Dunkelheit der Terrasse. Er sprach immer weiter, die Linke in die Tasche gesteckt, die Rechte mit der Zigarette machte langsame Bewegungen.

Verrücktes Zeug, bestimmt. Denn ich sah, wie Sara sich hin und wieder leidend die Augen mit der Hand bedeckte, wie um sich zu schützen, und dann tief einatmete, um neue Kraft zu tanken, ohne daß sie den Mut fand, ihn zu unterbrechen, seinen Argumenten zu widersprechen.

Er hörte gar nicht mehr auf – sein Kopf, der sich scharf und dunkel von dem weißen Anzug abhob, ruhte an der Rückenlehne des Sessels –, irgendwelche maßlosen Beleidigungen von sich zu geben.

Ich hatte große Lust, näher hinzugehen, das eine oder andere Wort aufzuschnappen.

Sara versuchte, nicht zu weinen. Zusammengekauert verlor sie sich in dieser unerschöpflichen, von kurzem Auflachen unterbrochenen Flut von Sätzen, die da auf sie niederprasselten, ohne daß sie ihnen entkommen konnte. Sie hielt ihm die Stirn hin, die Schultern kraftlos zusammengesunken, und er gab immer noch keine Ruhe, bei der leisesten Bewegung seines Kopfes blitzten Zähne und Brille auf.

Ines war aufgestanden, sie schlenderte zu mir herüber, ihre kurzsichtigen Augen waren gerötet.

Am Klavier drehte auch sie sich um, um sie zu betrachten, sie da draußen, die so anders waren, kritisch abzuschätzen.

»Zwei Komödianten. Und altmodische dazu«, kommentierte sie dann mit leiser, aber entschiedener Stimme. »Verstehst du, was ich meine?«

»Du irrst dich.« Ich war zufrieden mit meiner Antwort.

Sie sah mich enttäuscht an, die Brille in der Hand verborgen.

»Du nimmst sie also wirklich auch ernst? Ich hätte gedacht, du wärst schlauer«, höhnte sie sehr bleich.

»Zumindest respektiere ich sie«, sagte ich.

Sie machte eine nervöse Handbewegung, immer noch stand sie mitten im Rahmen der Balkontür.

»Ach was, Respekt. Auf mich machen sie überhaupt keinen Eindruck«, meinte sie entschieden. »Und wofür sollten sie beispielhaft sein?«

»Beispielhaft, weiß ich nicht. Aber sie scheinen eine Ausnahme zu sein.«

»Es wird Zeit, Schluß zu machen«, schloß sie verärgert. »Blas zum Appell, Soldat.«

Auf der Treppe und im Hof gelang es mir, mit Sara etwas zurückzubleiben. Die anderen liefen voraus, deuteten ein paar Tanzschritte an.

»Ich will dir nicht auf die Nerven gehen, aber wenn du mir sagen könntest«, begann ich. »War er wie gewöhnlich? Widerlich?«

Sie verneinte mit gesenktem Kopf, biß sich auf die Lippen, schien sich hartnäckig nur für die Kieselsteine im Hof zu interessieren, die weiße und schwarze Streifenmuster bildeten.

»Wenn du willst, bin ich still. Nichts ist einfacher als das«, versuchte ich es wieder. »Aber es ist ein Fehler.«

»Es hat keinen Sinn. Du würdest es nicht verstehen. Niemand würde es verstehen«, antwortete sie, wenn auch ohne Härte. Dann plötzlich, ungeduldig, die Stimme hebend: »Aber wo rennt ihr denn hin? Genießen wir doch ein bißchen die frische Luft.« Die Mädchen, die schon an der Toreinfahrt angekommen waren, blieben unsicher stehen; sie überquerte den Hof, um sich auf die Stufen der Treppe zu setzen, die dunkel und steil in das Gewirr der Mauern führte. Ein Geruch nach fauligen Kräutern lag in der Luft.

Langsam kamen sie zurück, hielten sich an der Hand, unterdrückten weinerlich ein Gähnen.

»Setzt euch doch hin«, befahl Sara störrisch.

Sie gehorchten, nachdem sie ihre Taschentücher ausgebreitet hatten, mit hängenden Köpfen, die Fröhlichkeit war dahin.

»Schwimmen gehen sollte man jetzt, ins Wasser springen«, seufzte Candida mit dünner Stimme. »Ein Stück weit mit dem Auto fahren und dann schwimmen gehen. Das wäre schön.«

»Warum nimmst du nicht das Auto, Sara?« frage Ines.

»Madonna. Wenn das unsere Mutter hört, um diese Zeit. Sie bringt uns allesamt um«, lachte Candida.

Sie hatte den Kopf an die Schulter der Freundin gelehnt, die beiden Gesichter hoben sich als ein einziger heller Fleck vom Dunkel ab.

»Dieser Vincenzino. Was für ein kaputter Typ. Ich hab' jetzt wirklich die Nase voll«, ließ sich Michelina vernehmen.

»Immer ist es dasselbe. Er ißt, und dann schläft er. Schöne Gesellschaft. Und wir, was sind wir? Krankenschwestern? Achtzigjährige in einem Altersheim?« fügte Ines hinzu.

»Brav sein, so heißt es immer nur. Aber wer interessiert sich schon für die Braven? Sollen wir vielleicht Nonnen werden?« jammerte Michelina.

»Aber es war ein schönes Fest.«

»Wegen Fausto. Es ist allein sein Verdienst.«

»Er hat schon gute Ideen.«

»Fausto ist verrückt. Sonst nichts.«

Sara blickte nach oben, wo der rosige Lichtschein noch über die Terrasse hinaus zu sehen war.

»Besser, du gibst es auf«, meinte Ines.

»Ich weiß«, war die ruhige Antwort.

»Was? Wie? Das ist der Weltuntergang«, lachte Ines überrascht.

»Sara und ihre große Liebe, ihre Leidenschaft…«

»Mach du dich nicht lustig. Ihr macht euch über sie lustig, und sie ist dann den ganzen Tag sauer auf mich. Laßt sie in Ruhe«, protestierte Candida mit geschlossenen Augen.

»Und du, weißt du nicht eine kleine Geschichte?« wandte sich Michelina an mich, ohne mich anzusehen.

»Du sprichst wenig. Warum? Oder reden wir zuviel? Deine Mädchen in Turin reden sicher auch. Hör mal, kennst du den Witz von der Transplantation? Zwei Freunde treffen sich nach vielen Jahren wieder…«

»Nein«, schnitt ihr Sara das Wort ab. »Sei still.«

»O Sara, laß doch.«

»Sei still, sag' ich. Das sind nur Schweinereien. Das gehört sich nicht«, tadelte sie.

»Es geht ihr halt nicht gut«, hänselten die anderen.

»Hast du wirklich gesagt, du gibst es auf?« begann Ines wieder, neugierig, mit veränderter Stimme.

»Das hab' ich gesagt. Hast du's gehört? Also hab' ich's auch gesagt«, gab Sara kalt zurück.

»Hat er dich schlecht behandelt? Hat er dich beleidigt?«

»Wie hat er es dir erklärt?«

»War er ekelhaft? Aber er hatte getrunken, und du…«

»Es reicht jetzt. Und was geht das euch überhaupt an? Denkt an eure eigenen Geschichten, falls ihr welche habt«, gab Sara bitter zurück.

Ein schwacher Windhauch sank langsam von oben herab, das Viereck des Himmels über den Dächern war immer noch dunkel. Sie lockerten die Kragen ihrer Blusen, um sich etwas abzukühlen, ein, zwei Hände fächelten, um den leichten Luftzug zu beleben.

»Sara G., das hätte nicht gut geklungen. Mir gefällt es nicht«, seufzte Michelina.

»Ihr immer mit euren Nachnamen. Wie im Kindergarten. So benehmt ihr euch«, gab Ines zurück.

»Du. Wie heißt du mit Nachnamen?«, fragte Candida.

Ich sagte es ihr, ich weiß nicht, warum ich dabei die Stimme senkte, während sie beim Nachsprechen jede Silbe betonten. Sie fingen an, meinen Familiennamen mit ihren Vornamen zusammenzusetzen, einen nach dem andern, fragend oder bestätigend, lachend, jede Silbe verändernd, mal schnell, mal tastend, um den Klang, das Echo besser zu erspüren.

»Der einzige, mit dem er gut zusammenfaßt, ist Ines«, lachte schließlich Candida.

»Die Nachnamen im Norden sind merkwürdig; auch schön, aber hart, sie klingen nicht musikalisch«, urteilte Michelina.

»Dummköpfe. Ihr seid nichts als drei armselige Dummköpfe«, ging Sara plötzlich auf sie los. »Holzköpfe. Muß ich euch denn ständig um mich haben?«

»Aber dein Kopf ist wohl in Ordnung, obwohl er sich in einen Krüppel verliebt«, gab Ines zurück.

Der verschwommene Fleck, der sie auf den Stufen vereinte, löste sich in einer heftigen Bewegung auf.

»Entweder du hältst dein giftiges Maul, oder ich...«, drohte Sara, die inzwischen aufgesprungen war.

»Oder du? Los. Sag doch. Sprich. Probier's nur, das will ich jetzt sehen«, schrie die andere.

Candida und Michelina sahen mich an, als erwarteten sie mein Eingreifen. Aber Sara wurde plötzlich abgelenkt.

»Warum ist das Licht da oben ausgegangen?« Sie starrte verwirrt zu der Terrasse hinauf.

Wir drehten uns alle um, die grauen Scheiben da oben in der Mauer waren kaum zu erkennen.

»Warum sollte er das Licht ausmachen? Gerade er«, fragte Sara noch einmal nachdenklich.

Mir blieb keine Zeit zu sprechen.

Der erste Schuß, obwohl hoch oben und innerhalb der Mauern abgegeben, drang, schon in mehrere Töne aufgesplittert, bis zu uns herunter.

11

Ich rannte die Treppe hinauf, als der zweite Schuß fiel, diesmal etwas gedämpfter.

Und während sich die schrillen Schreie der Mädchen, die durch die Toreinfahrt davonrannten, verloren, während ich Sara hinter mir herkeuchen hörte, war mir einen Augenblick lang völlig bewußt, daß alles – die Schüsse, mein Hinaufrennen und die Dunkelheit und die Uhrzeit und der da oben – vom Schicksal so und nicht anders vorbestimmt war.

Aber als wir auf dem Treppenabsatz ankamen, waren meine Hände zu nichts fähig, und Sara riß mir zornig die Schlüssel aus der Hand.

Mit geschlossenem Mund stöhnend machte sie sich an der Tür zu schaffen.

»Ich hätte es wissen müssen, ich wußte es, ich hab' es immer gewußt, ich Unglückselige«, vermeinte ich sie zu hören. Das Dunkel des Korridors hielt uns einen Moment auf.

»Schnell!« schrie Sara.

Fensterläden schlugen im Hof, und eine Stimme schrie, die jedoch gleich wieder verstummte.

In dem Zimmer neben dem Salon lag der Oberleutnant auf seinem Sessel, mit verdrehtem Kopf, Blut lief in einem dünnen Rinnsal unter seinem Ohr hervor in den Hemdkragen. Und er stand daneben, mit herabhängenden Armen, den Mund verzerrt.

Schwarz die Pistole auf dem Teppich, wenige Zentimeter entfernt, zwischen dem Sessel und seinen Schuhen.

Ich schaffte es nicht hineinzugehen, Schultern und Knie fühlten sich an wie aus Blei. Ich sah, wie Sara zitternd zu ihm hinging, ihn mit der Kraft der Verzweiflung an dem einen und dann am anderen Arm packte, um ihn wegzuziehen, fortzuzerren. »Tu doch was! Irgendwas«, schrie sie.

Ich konnte nicht antworten, der Atem gefror mir zwischen den Zähnen. Angst, nein, überhaupt nicht, aber eine unbezwingliche, unendliche Trägheit, die auf meinen Adern und meiner Fantasie lastete, entfremdete mich diesem Ort, jedem möglichen Schmerz.

Die Körper von Vincenzo V. zwischen den beiden Armlehnen wirkte aufgedunsen, ein wabbeliger, weißgrauer Haufen.

Und sie zerrte immer noch heftig an ihm herum. Sie schob ihn bis zum Türpfosten, wo er sich anlehnte, steif und krumm wie eine Marionette, fast ohne zu atmen.

»Herrgott, warum bewegst du dich nicht«, rief Sara wieder und wischte mir mit der Hand über die Augen.

»Nein, es ist nicht wahr, nein...« Wirr und abgehackt kam es aus seinem hölzernen Mund.

Aber Sara hatte ihm bereits ein Glas in die rechte Hand gedrückt, und er führte es mechanisch gehorchend zum Mund, trank es aus; der heftige Hustenanfall schien ihn zuerst aufzurütteln, aufzuwecken, doch das leere Glas rutschte ihm aus der Hand, die sofort wieder herabgesunken war.

»Seine Sachen. Schnell«, schrie Sara, während sie ihn mit beiden Händen an der Wand aufrechthielt.

Ich rannte hin und her, ohne Überlegung, kam mit einem Arm voll Kleider wieder, meiner Uniform, Medizinfläschchen in der umgedrehten Uniformjacke, dem Bambusstock, verzweifelt suchend, im Kopf all die Dinge aufzählend, die ich liegenließ, die nicht greifbar waren in den beiden Zimmern, im Bad.

»Idiot. Der Koffer«, befahl Sara mit eisiger Stimme und riß ein Fläschchen aus der Uniformjacke.

Ich sah sie vom Flur aus, während ich kopflos den Koffer füllte, wie sie ihm den Mund öffnete, ihm gewaltsam mit sicherem Griff das Schlafmittel hineinschob, ihm noch einmal zu trinken gab.

Sie legte den Arm um ihn und versuchte, ihn zur Tür zu ziehen. »Schnell«, drängte sie mit erstickter Stimme.

»Und der da? Das können wir nicht machen. Wo willst du hin? Das ist vollkommen verrückt«, brachte ich endlich heraus.

»Der ist bestimmt schon tot«, keuchte sie. »Und was geht das uns an? Wenn du nicht willst, dann mach, wie du denkst.«

Innerlich schwor ich mir, noch über den Koffer gebeugt: Verdammt will ich sein, ich beweg' mich hier nicht von der Stelle, sollen sie nur gehen; sobald sie weg sind, ruf' ich jemanden, oder ich telefoniere, heut abend geht mein Zug.

Ich hörte sie auf dem Treppenabsatz stöhnen.

Ich trug den Koffer hinaus. Sie sah mich kläglich an, er, in völliger Auflösung, von ihren Armen an die Wand gedrückt. »Runter zum Tor. Nur bis zum Tor. Hab' Mitleid. Hilf mir. Dann nehm' ich das Auto. Und du kannst alles vergessen. Dann will ich nichts mehr von dir«, schluchzte sie.

Wir zerrten ihn die Treppe hinunter, er war leicht und fühlte sich an wie ein Bündel trockene Zweige, unten im Hof ließ sie den Blick prüfend über Balkone und Fensterläden schweifen, aber alles schien verriegelt und verlassen.

Ich machte das Tor auf, lehnte ihn dagegen.

»Nur eine Minute. Nicht einmal.« Sie lief weg, nachdem sie sich ärgerlich die Nässe von den Wangen gewischt hatte.

»Signore«, versuchte ich, »hören Sie mich?«

Ich stützte ihn mit der Hand, indem ich sie unter seiner Achsel hindurch gegen das rauhe Holz des Tores preßte.

Sein Kopf baumelte hin und her, sein Atem klang rauh, er war am Ende.

Die drei Mädchen, fuhr es mir durch den Kopf. Wer weiß, wo sie hingelaufen sind, inzwischen haben sie bestimmt schon Eltern und Verwandte aufgeweckt und alles erzählt. Und die Leute vom Hof, die Fensterläden, die aufgestoßen wurden, die Stimme.

Ich hörte das Auto kreischend anhalten.

»Nach hinten. Hier hinten rein. Vorsichtig. Langsam«, flüsterte Sara, während sie die Rücklehnen umkippte, um Platz zu schaffen.

Ich sah eine Flasche Whiskey auf dem Sitz, eine Decke.

Er saß da hinten zusammengekauert wie ein armer, zu großer Hund, sein weißer Anzug wirkte absurd.

Die Brille rutschte herunter, aber Saras Hand fing sie auf, vorsichtig und sanft setzte sie sie ihm wieder auf.

»Geh jetzt. Guter Gott, geh, denk nicht mehr dran«, sagte sie, als sie sich ans Steuer setzte.

»Aber wohin? Und du? Wo fährst du jetzt hin?«

»Ich weiß schon, wohin«, antwortete sie, ohne mich anzusehen, der Motor sprang an, ihre knotigen, weißen Finger umklammerten das Lenkrad.

Die leere, glänzende Straße führte in scharfen Kurven bergab, sie lag noch im Dunkeln, aber die Straßenlampen verblaßten bereits vor dem heller werdenden Himmel.

»Du machst alles falsch. Es hat keinen Sinn wegzulaufen. So wird es nur noch schlimmer. Begreifst du das nicht?« versuchte ich sie zur Vernunft zu bringen.

Das Bild des Oberleutnants im Sessel, die rote Linie hinter seinem Ohr ging mir nicht aus dem Sinn.

»So geh doch!« schrie sie, dämpfte aber sofort die Stimme. »Niemand hat dich um etwas gebeten. Geh. Geh. Das ist meine Sache. Unsere Sache.«

Ich machte die Wagentür wieder auf.

»Ich habe ihn hierherbegleitet. Ich bin für ihn verantwortlich«, widersprach ich heftig. »Besoffen, wie er ist, hast du ihm auch noch ein Schlafmittel gegeben. Er kann hier krepieren, jetzt gleich, ist dir das klar?«

Sie nickte schwach, aber als ob das völlig unwichtig sei. Ihr Kinn bebte, aber die Tränen konnte sie jetzt zurückhalten. »Was auch immer passiert ist«, sagte sie dann, »bringen wir ihn weg von hier. Dort kann er dann aufwachen, alles erklären. In aller Ruhe die Zusammenhänge herstellen. Sobald er aufgewacht ist, kann er eine Entscheidung treffen. Er muß sich entscheiden. Aber wenigstens das können wir tun. Für ihn.«

Ihre Stimme klang erstickt.

»Aber wo bringst du ihn hin?«

»Belaste dich nicht damit«, erwiderte sie.

Aber gleich darauf, wenn auch widerstrebend: »In ein Haus meiner Mutter. Es ist nicht weit. Es steht leer, niemand wohnt da. Komm. Solange er noch nicht wach ist.«

»Warum? Ich versteh' dich nicht. Warum willst du das tun? Wir sind die zwei größten Idioten, die...«

Etwas anderes fiel mir nicht ein.

»Mein Engel, mein armer Engel. Ich hätte es wissen müssen, ich hätte...«, murmelte sie und starrte auf die Straße.

Meine Beine, Schultern, Arme hatten sich schon in Bewegung gesetzt, unabhängig von diesem trägen, ausgedörrten Nichts in meinem Innern.

Ich merkte, daß ich mich hineinsetzte, daß ich die Autotür schloß.

Der Wagen schoß davon.

Er war ein Häufchen Elend auf dem Rücksitz. Er hustete, mit offenem Mund. Nach dem Husten klang sein Atem röchelnd. »Heilige Mutter Gottes, kannst du ihm nicht diese verdammte Krawatte lockern? Damit er wenigstens atmen kann«, befahl sie böse.

»Das ist das Schlafmittel, das du ihm verpaßt hast. Und die Trinkerei. Es geht ihm sehr schlecht. Wir sollten...«

»Nichts. Wir sollten überhaupt nichts«, gab sie zurück.

Sie fuhr mit zornigen Bewegungen, ihr Gesicht war hart

und verschlossen wie eine Faust. Die dunklen Augenringe zogen sich über die halbe Wange hinab. Sie sah prüfend in den Rückspiegel, überließ den Händen das Fahren. An einer Kreuzung waren wir auf den Schienen erschreckend ins Schleudern gekommen; ich weiß nicht, wie wir es geschafft haben, nicht gegen die Straßenbahnhaltestelle zu krachen.

»Gleich sind wir da«, verkündete sie.

»Und dann? Was machen wir dann?«

»Wir sind da. Wir sind da«, schrie sie, die Tränen schossen ihr in die Augen. »Das Wichtigste ist, wir sind da. Um ihm Zeit zu geben.«

»Du bist verrückt. Und ich...«

»Ich will es nicht hören. Sei still, ich will es nicht hören«, schrie sie wieder. »Wer will dich schon? Wer hat dich um etwas gebeten? Wer bist du schon? Warum bist du nicht abgehauen, wie du eigentlich wolltest.«

»O Sara«, schrie ich ebenfalls.

Sie schluckte, spannte die Armmuskeln, den Oberkörper an, um neue Kraft zu gewinnen, um sich zu beherrschen.

»Ja«, sagte sie leise, »ja. Sag.«

»Nichts. Nichts.«

Erneut war alles weit von meinem Herzen abgerückt, ungreifbar, die vor den Augen vorbeieilenden Mauern, Sträßchen, der Himmel da oben war jetzt lau und feindselig.

»Sprich. Verzeih mir.«

»Nur das eine: Du mußt vorsichtig sein. *Wir* müssen.« Ich sprach ohne Überzeugung, meine Stimme hatte sich von mir losgelöst. »Aber was wollen wir tun? Laß uns die Sache nicht noch schlimmer machen. Du glaubst, du hilfst ihm. Auch ich bin deswegen hier. Aber wenn statt dessen...«

»Warum zwei Schüsse?« unterbrach sie mich, ohne zuzuhören.

»Hast du das verstanden? Zwei Schüsse?«

Eine plötzliche Angst verdrängte den Nebel in meinem Gehirn. »Vielleicht ist der erste danebengegangen. Oder sie haben geschossen, um die Pistole auszuprobieren«, sagte ich.

»Warum sagst du, sie haben? Wer ist sie? Er. Er allein. Er hat geschossen, ausprobiert, vielleicht zuerst danebengeschossen. Bei sich selbst. Sie hatten es zusammen beschlossen, aber nur er hat geschossen«, stieß sie hervor, atemlos.

»Beschlossen? Sich gemeinsam umzubringen?«

Ein Klagelaut entfuhr ihr.

»Du meinst, sie waren sich einig? Daß alles so vorgesehen war?« fragte ich noch einmal.

Sie nickte, die Lippen aufeinandergepreßt.

»Also war es nicht das Trinken? Auch das andere, ja, aber vor allem die Trinkerei heute nacht…«

»Aber nein«, widersprach sie müde. »Sie waren darauf vorbereitet. Jetzt versteh' ich. Auch das Fest. Alles war eine Abmachung zwischen ihnen beiden. Deshalb ist er gekommen. Deshalb. Und ich verdammte Idiotin, ich habe das nicht gleich verstanden, mein Gott…«

»Aber warum dann er nicht?«

»Er wird einen Fehler gemacht haben. Oder die Pistole ist hingefallen. Und wir sind zu früh gekommen«, versuchte sie zu begreifen.

»Oder auch, weil er betrunken war. Er konnte nicht einmal mehr die Zigarette halten. Oder vielleicht bekam er Angst.«

»Angst nicht«, widersprach sie.

»Warum nicht? Im letzten Augenblick…«

»Angst nicht. Er nicht«, schrie sie wieder.

Ich hatte keine Kraft mehr, ihr zu widersprechen. Und nichts erschien mir wichtig. Ich hatte immer noch die zwei Pistolenschüsse im Ohr und den Körper des Oberleutnants vor Augen. Aber es waren Bilder und Geräusche ohne Bedeutung, unkontrolliert, überflüssig; sie änderten nichts an der Wahrheit, an meiner, unserer, seiner Wahrheit. Und er da hinten schlief, am Ende seiner Kräfte. »Wir sind da. Gleich dahinten ist es«, verkündete sie kalt und gab Gas.

Erst jetzt bemerkte ich die kleine Straße mit den steilen Kurven, zwischen unregelmäßigen, dunkelgrünen Mauern: Gemüsegärten, die durch Drahtzäune voneinander getrennt waren. Wir bogen in einen Feldweg ein, und als ich ausgestiegen war, entdeckte ich die Umrisse einiger niedriger Häuser, die verstreut zwischen den Johannisbrotbäumen standen. Die unbewegliche, noch graue Fläche des Meeres lag weit entfernt. Es wurde Tag; ein talgiges Licht, das den Sonnenaufgang ankündigte, machte es möglich, den Raum zwischen den Bäumen ringsum auszumachen, die winzigen feuerroten Punkte der reifen Tomaten in den Gärten, das Dächergewirr der erloschenen Stadt, die da unten lag.

Das Haus war vernachlässigt, ohne Stuhl, ohne Möbel, auch die Innentüren fehlten, nur im größten Zimmer lagen ein paar alte, staubige Teppiche zusammengerollt an der Wand. Ein schwacher, weißlicher Lichtschein drang durch die geschlossenen Fensterläden. Es roch nach Kalk, nach bemostem Holz.

»Dahin, in den Flur. Worauf wartest du«, sagte sie und wies auf die Teppiche.

Sie wollte ihn neben die Badezimmertür auf die Teppichrollen setzen, mit dem Rücken an die Wand gelehnt, von den Knöcheln bis zum Bauch in die Decke gehüllt. Mit einer schüchternen und sofort wieder unterdrückten Geste strich sie ihm das Haar von den Schläfen, berührte seine Stirn. Sie öffnete die Wasserhähne von Badewanne und Waschbecken und ließ das Wasser im dicken Strahl laufen. Die entkorkte Flasche stellte sie dicht neben seine rechte Hand.

Dann stellte sie sich wieder vor ihn hin, um ihn anzusehen, die geballten Fäuste über den Armen gekreuzt.

»Mein armer Engel, wenigstens das Wasser, nicht?« hörte ich sie leise murmeln. »Und du, lieber Gott, wenn du wolltest...« Ich ging hinaus und setzte mich auf die Treppenstufe. Über der Tür hing eine elektrische Leitung ohne Birne; die wenigen Meter Erde vor dem Haus waren mit Gras und gelbem, von der Hitze verbranntem Gestrüpp bedeckt.

Ich sah, wie ringsumher in der Stille das Morgenlicht bedrohlich heller wurde, weit entferntes Gesumm sickerte durch die Luft, aber ich fühlte mich viel zu sehr von Müdigkeit übermannt, um mir noch weitere Fragen zu stellen.

Es war keine Mauer, sondern eher ein sehr hoher metallener Palisadenzaun, vielleicht viele Hunderte von Bettgittern, über die ich hinüberklettern mußte, voller Angst, mir etwas zu brechen; meine Füße aus Zement wollten sich nicht bewegen, mir nicht gehorchen. Oben saß, hin und her schwankend, ein Soldat, der mir etwas zurief, eine schneeweiße Comic-Blase ohne Buchstaben kam aus den sinnlosen Verrenkungen seines Mundes... Ich wachte auf.

Ein Blick auf die Uhr machte mir klar, daß ich nicht einmal eine halbe Stunde geschlafen hatte. Ich schauderte, obwohl die Luft schon lau war. Siedendheiß fiel mir wieder alles ein. Auch sie saß auf der Treppe, Ellenbogen und Stirn auf die Knie gestützt.

Zigaretten ja. Aber kein Streichholz. Ganz vorsichtig ging ich in den Flur, tat die Decke beiseite und durchsuchte ihn nach dem Feuerzeug.

Er atmete regelmäßiger, auf seiner Stirn lag ein Schweißfilm. Ich ging um das Haus herum und sah nur einen Haufen Abfall, Holzstücke und einen Eimer ohne Boden. Das Gelände stieg sofort steil an zwischen den vereinzelt stehenden Bäumen mit den rostroten Stämmen, bis zu einem Gebäude, das halb im Grün, hinter dem Geäst, versteckt lag; große geflickte Bettlaken hingen auf der Leine. Ein gelber herrenloser Hund musterte mich von ferne, wedelte mißtrauisch mit dem Schwanz. Hinkend lief er davon und verschwand hinter der Hügelbiegung.

»Warum sollen wir alles falsch gemacht haben?« empfing sie mich und hob ein wenig das Gesicht.

Sie war erschöpft, bleich. Aber auch mir zerfielen die Gedanken zu leblosen Splittern.

Ich setzte mich ins Gras, achtete jedoch darauf, nicht ihre Augenringe sehen zu müssen.

»Um wirklich zu entkommen, hätten wir alles wegbringen müssen. Die Sachen, den Oberleutnant«, antwortete ich mühsam. »Weißt du, was wir alles vergessen haben? Schuhe, die Pistole, noch einen Koffer. Was hat es für einen Sinn, so wegzulaufen?«

Aber jedes Wort, kaum war es ausgesprochen, lastete schwer auf mir: Ich war wie ein Stein, der ins Dunkel eines Brunnens hinabstürzt.

Sie antwortete nicht, erneut hatte sie sich bis zu den Haaren hinter ihren Armen versteckt, ihre Schultern hoben sich leicht beim Atmen.

»Deine Schwester, die andern beiden, inzwischen werden sie wer weiß wie vielen Leuten alles erzählt haben«, fuhr ich fort. »Und hoffen wir's, nachdem wir uns so dumm angestellt haben. Hoffen wir, daß der Oberleutnant nicht tot ist, daß ihn irgend jemand gerettet hat. Was soll ich sonst noch sagen?«

»Das heißt, du bereust es. Warum bleibst du dann noch? Habe ich dich darum gebeten? Geh doch zu deinem Oberleutnant, geh doch, wohin du willst«, antwortete sie, jedoch ohne Zorn, aus ihrer Deckung heraus.

»Was hat das damit zu tun. Hör doch endlich auf. Bin ich hier oder nicht? Jetzt reicht's aber wirklich«, gab ich verstimmt zurück.

Sie gähnte, sprang von der Treppe auf, streckte die Arme, ihre weiße Bluse war ganz zerknautscht.

»Mein Gott, hätt' ich wenigstens einen Kamm.« Sie versuchte zu lachen. »Ich hab' die dumme Angewohnheit, wie eine Landpomeranze ohne Handtasche auszugehen. Meinst du, sie kommen uns suchen? Hierher?«

»Woher soll ich das wissen.«

»Wie lange wirkt dieses Schlafmittel?«

»Wenig. Gar nicht. Ich glaube, es hat immer nur kurz gewirkt. Wieviel er auch immer davon nimmt«, antwortete ich.

»Tja, er ist durch und durch verseucht. Also wird er bald aufwachen. Und er wird eine Entscheidung treffen. Du wirst sehen.«

Sie lief vor mir auf und ab, zwei Schritte zum Auto, zwei Schritte zum Haus, das Gras raschelte unter ihren Füßen, ich sah, wie sie hin und her lief, sich die steifen Arme rieb, das Gesicht, die Haare im Nacken befühlte.

»Wenn er sterben wollte, wie du sagst, wird er dann noch in der Lage sein, eine Entscheidung zu treffen?« wollte ich wissen.

Sie blieb stehen, ihre Schuhspitze scharrte unlustig im Staub. »Ich hab' keine Angst. Überhaupt nicht«, sagte sie leise. »Ich würde sofort zurückfahren, wenn es gut für ihn wäre. Hätten wir ihn etwa da drin lassen sollen? Damit er tausend Schmerzen erleiden sollte? Was hätten wir denn sonst tun können? Du siehst das anders, ich weiß.«

»Ich müßte schon im Zug sitzen. Mein Urlaub ist abgelaufen. Wenn nichts Schlimmeres passiert, komm' ich nur ins Gefängnis. Bist du nun zufrieden?«

Sie lachte, lief wieder auf und ab.

»Na und? Was ist das schon für einen Soldaten? Ob drin oder draußen, ist das nicht dasselbe? Sag, hast du Geld?«

»Warum?«

»Bevor alle Leute auf die Straße gehen«, überlegte sie rasch, »müssen wir etwas einkaufen. Kaffee, Zigaretten, Brioches, wenn du welche findest. Willst du? Es gibt einen Laden, gleich rechts nach dem Feldweg. Sie haben alles. In fünf Minuten bist du wieder da.«

»Warum ich und nicht du?«

Die Schuhspitze begann wieder ungeduldig im Staub zu scharren.

»Ich laß ihn nicht allein«, widersprach sie ruhig. »Ich bin da, wo er ist. Und außerdem erinnern sie sich in dieser Gegend an meine Mutter. Besser, wenn sie mich nicht sehen. Stimmt's? Aber wenn du nicht willst, dann geh eben nicht. Ich will dich nicht dazu zwingen.«

»Sofort?« gab ich nach.

»Versuch es. Was kostet es dich schon. Hier stehen die Leute früh auf, es sind schon Bauern hier. Denk nur: Ein guter Kaffee. Er würde uns allen guttun.«

Ich stand auf, meine Muskeln dehnten sich, stachen unter der Haut.

»Und eine Kerze«, fügte sie rasch hinzu, »das kann nie schaden.«

Die Alte machte unendlich lang an der Espressomaschine herum. Während ihr grauer, runzliger Arm an den Hebeln hantierte, lächelte sie mir kurz zu.

»Sie müssen etwas Geduld haben. Das Wasser ist noch nicht heiß. Schauen Sie sich inzwischen um. Vielleicht fällt ihnen sonst noch was ein. Wir haben hier alles. Wie in der Stadt.« Ein Vorhang schloß den Laden nach hinten hin ab, die wenigen Meter waren mit Schachteln, Gläsern vollgestopft, auf den Regalen stapelten sich Dosenpyramiden. Eine große Handwaage stand verlassen auf Gemüsekörben.

Ich sah das Telefon hinter einem Turm aus bunten Pakkungen und das Telefonbuch, das an einer Kette hing.

Candida, fuhr es mir sofort durch den Sinn. An den Nachnamen von Ines erinnerte ich mich nicht. Oder bei dem Oberleutnant zu Hause anzurufen. Es würde genügen, irgendeine Stimme zu hören, um Bescheid zu wissen.

Natürlich müßte ich sofort aufhängen. Oder wäre das auch wieder falsch?

Meine erschöpfte Fantasie folgte einen Augenblick lang unbekannten Schatten durch jene Zimmer.

»Noch ist er nicht so, wie er sein sollte. Aber wenn Sie mal probieren wollen«, rief mich die Alte und reichte mir über den Ladentisch hinweg ein Täßchen mit Espresso.

Als ich trank, merkte ich, wie sich jede Faser in mir sehnsuchtsvoll diesen wenigen Tropfen Wärme entgegendehnte. Die Zeitungen, fiel mir ein.

»Zeitungen? Nein, die sind noch nicht da. Erst so gegen Mittag, und manchmal nicht mal dann«, entschuldigte sich die Frau mit einer zahnlosen Grimasse. »Ist denn etwas Schlimmes passiert? Noch ein Krieg? Wie soll es mit dieser Welt nur enden. Erzählen Sie mir, was Sie wissen.«

Ich ging mit dem Päckchen hinaus, die Flasche war heiß, und ich mußte sie ständig von einer Hand in die andere nehmen.

Die Zeit erschien mir unendlich lang, ein Raum ohne Ende und trockener, weißer als der inzwischen sonnenhelle Himmel. Aber woanders, in den Zimmern da oben, in dem Durcheinander von Tellern und Gläsern, und in der Kaserne und in meinem Zug nach Norden, eilte dieselbe Zeit dahin, brannte zu schnell ab, bestahl mich, klagte mich an.

Der Weg war steil, ich fragte mich, wie Sara es geschafft hatte, ihn so rasch hochzufahren. Das Auto und das Haus tauchten hinter einer engen Kurve auf.

Sie war immer noch auf der Treppe; als sie mich mit dem Päckchen und der Flasche kommen sah, hob sie die Hand, wie um zu sagen: Bravo.

»Er schläft immer noch«, sagte sie und stand auf. »Hätte ich versuchen sollen, ihn aufzuwecken? Wäre das besser?«

»Warten wir noch eine Stunde. Es ist noch früh.«

»Eine Stunde«, sie ließ sich überzeugen.

Sie nahm die Flasche und nahm gierig den Korken ab.

»Nicht einmal ein Glas. Was für ein Haus und was für ein armseliger Mensch«, beschwerte sie sich.

Sie trank, preßte dabei die Hand gegen die Brust, um das Brennen des heißen Getränks besser auszuhalten.

»Gut. Er wird noch heiß sein, wenn er aufwacht. Was ist das für Marzipan? Keine Brioches?«

Sie schien erneut ängstlich darauf bedacht, etwas zu tun, sich zu beschäftigen. Ich sah sie an und versuchte, ihr zu verstehen zu geben, wie erschöpft ich war. Gleich richtete sie sich auf, wandte die Augen ab.

»Wer, meinst du, wird kommen?« fragte sie leise. »Carabinieri oder Polizei? Besser die Carabinieri, meinst du nicht?«

Niemand wird kommen, ich hörte es in mir wie einen dumpfen Schlag, niemand wird uns suchen, nichts ist geschehen, Vincenzo ist nicht tot, alles geht so weiter wie immer, und wir werden uns weiterdrehen, sinnlos in dieser trockenen Luft, auf und ab, wie Fliegen, wie Staubkörner.

Um das Schweigen zu durchbrechen, sagte ich: »Carabinieri. Und wer soll sie hierherbringen?«

»Meine Mutter. Meine Schwester. Nur sie. Wer sonst könnte auf die Idee kommen«, seufzte sie.

Sie hatte die Hände in den Gürtel gesteckt, wie ein verlegener Junge.

»Die Müdigkeit ist ein schlechter Ratgeber«, fuhr sie fort.

»Machen wir uns keine Gedanken. Hier sind wir, und hier warten wir.«

»Ja. Genau«, sagte ich.

»Genau«, stimmte sie lächelnd zu.

»Wer weiß. Vielleicht haben wir noch Zeit. Wer kann es wissen?« murmelte ich, wenn auch ohne Überzeugung.

»Aber ja. Ja«, sie ging sofort darauf ein, glücklich nach dem Strohhalm greifend. »Er wird alles in Ordnung bringen. Sobald er wach ist, wird er es in Ordnung bringen. Ich seh' ihn bereits vor mir. Ich könnte schwören.«

»Er wird es in Ordnung bringen, wenn der Oberleutnant lebt. Was könnte man sonst noch in Ordnung bringen?« antwortete ich.

»Bestimmt lebt er. Die Dummen sterben nie. Nicht einmal, wenn man sie erschießt«, gab sie feindselig zurück.

»Sara...«

Sie blickte zu mir auf.

»Ist ja schon gut. Hast ja recht«, antwortete sie schon wieder gleichgültig. »Ich weiß es selbst, daß ich falsch denke, daß ich mich falsch verhalte und daß ich alles immer nur noch schlimmer mache. Ich weiß. Wenn mich meine Mutter sehen würde, die arme Frau. Sie würde mich lebendig einmauern. Du kannst es dir überhaupt nicht vorstellen.«

12

Eine Kolonne dicker, glänzender Ameisen bewegte sich über einen schmalen, staubigen Pfad im Zickzack durchs Gras, wobei ihr Hinterleib sich im Rhythmus der Bewegungen der Beine hin- und herwand. Die Ordnung löste sich am Fuß eines Baumstumpfes, im mehligen Spalt einer Wurzel in fieberhafte Kreisbewegungen auf. »Geh weg. Nur für einen Augenblick. Sei so lieb«, hatte sie ängstlich zu mir gesagt. »Ich weck' ihn jetzt auf. Ich mach' das schon. Dann ruf' ich dich. Ich rufe dich.«

Beim Geräusch eines Flugzeugs blickte ich auf. Die graue dreieckige Silhouette zeichnete sich glänzend und sauber gegen den Himmel ab; sie entfernte sich in Kurven Richtung Stadt, das Brummen verschwand schon vorher.

Es war acht Uhr. Wenn ich mich hinlegen würde, könnte ich vielleicht ein wenig schlafen, dachte ich. Aber der Wunsch nach Schlaf war stark und weit weg zugleich. Müßige Gedanken besetzten mein Gehirn, machten sich darin breit, zogen sich erst nach einer Weile wieder zurück: die Uniform wieder anzuziehen, zum Beispiel, oder das Bedauern, nur eine einzige Karte nach Hause geschickt zu haben.

Die Umrisse meines Vaters, meiner Mutter und des sardischen Soldaten, der in der Kaserne rechts von mir schlief, hatten nicht wirklich menschliche Züge; es waren nur feststehende Punkte und Kreise, die einen bestimmten, allerdings neutralen Ort angaben, der mir immer weniger gehörte oder ihnen immer weniger ähnlich sah.

Keinerlei Lebenszeichen kam vom Haus herüber. Vielleicht war es ihr noch nicht gelungen, ihn aufzuwecken, vielleicht beschränkte sie sich darauf, vor ihm zu sitzen, ohne ihn anzufassen, ohne ihn anzusprechen.

Verzückt wie immer: Kaum sieht sie ihn an, ist sie verloren, wie ein nasses Küken; wie soll das nur enden mit ihrer schönen Entschlossenheit?

Nichts ist geschehen, niemand ist tot, ich weiß es, wir befinden uns nur außerhalb der Welt, aus irgendeinem Grund sind wir aus ihr herausgebrochen, aber immer noch krallen wir uns mit den Nägeln an das letzte Stück Erdkruste, und immer noch wissen wir nicht, wie wir demnächst wieder zu den anderen stoßen sollen, und alles wird wieder von vorn beginnen, und wir werden vergessen, vergessen. Der Urlaub ist abgelaufen, gestern nacht oder heute morgen? Besser, ich ziehe die Uniform wieder an... Ich zündete mir eine neue Zigarette an, doch mein Mund war empfindungslos, nahm keinen Geschmack mehr an, die Zunge war taub, belegt, ein Fleck war irgendwie auf meinen Ärmel geraten. Mit zwei Fingern hob ich eine Ameise auf; ich suchte mir eine der dicksten aus. Während sie mit den Beinen, den Fühlern in der Luft zappelte, ging die Kolonne weiter ihren Geschäften nach, im Staub bis zu der Wurzel und zurück.

»Und du gehst auch zum Teufel«, sagte ich und ließ sie fallen, aber ins dichteste, höchste Gestrüpp.

Jetzt tu' ich was, jetzt steh' ich auf und geh' da rüber, besser, ich seh' sie, laß sie nicht allein.

Noch einmal sah ich mich um, die Umrisse der Häuser zwischen den Johannisbrotbäumen, das flache, weit entfernte Meer im aschgrauen Dunst, das kräftig leuchtende Grün der Bäume. Die Erschöpfung, die ich auf mir lasten fühlte, war hin und wieder sogar angenehm; sie ließ mich vage jeden Muskel spüren, machte ihn mir durch Mattigkeit, Stechen, Zittern bewußt.

Sie erschien vor dem Haus, die Hände vors Gesicht geschlagen. Ich lief ihr entgegen.

»Er will mich nicht«, schluchzte sie, ohne die Hände wegzunehmen. »Er will mich nicht. Er hat mich weggejagt.«

»Aber es geht ihm gut?«

Sie nickte hinter den Händen, ihr Schluchzen klang trocken. »Habt ihr miteinander gesprochen? Erinnert er sich? Weiß er, wo wir sind?«

Sie zuckte die Achseln, ging rückwärts, ohne hinzusehen, bis sie die Treppe hinter sich spürte, ließ sich darauf niederfallen.

Es dauerte einige Augenblicke, bis ich mich von der Stelle bewegen, über die Schwelle gehen konnte. Mein Kopf war leer und dröhnend, und ich wußte, daß diese Leere gegen mich war, aber vergeblich suchte ich auf der Zunge, im Hirn nach zwei Worten, die ich hätte sagen können.

Er saß immer noch auf den Teppichen, die Decke beiseite geschleudert, die Flasche mit dem Kaffee mit der Rechten gegen den Bauch gepreßt. Mit einem nassen Taschentuch hatte ihm Sara wohl das Gesicht abgewaschen, ich sah den Lappen im Waschbecken liegen.

»Ich bin's«, sagte ich leise.

Ich schien weder Rührung noch Entsetzen noch Mitleid zu empfinden, er war für mich ein Wrack, ein fremder Mensch im Flur eines Krankenhauses.

»Ciccio«, sagte er nur.

Und er entspannte sich.

Ich beugte mich hinunter, zündete eine Zigarette an, hielt sie an seine Lippen. Er lehnte sich gierig vor.

»Mein Freund«, sagte er noch einmal.

Seine Stimme war rauh und belegt von dem Schlafmittel; er nahm die Zigarette aus dem Mund, um zu husten, einen Schluck Kaffee zu trinken, noch einmal lang und befreiend zu husten.

Unten in der Flasche war ein kleiner Rest einer breiigen Flüssigkeit übriggeblieben.

»Ciccio«, wiederholte er.

»Ja, Signore. Ich bin da. Wie geht es Ihnen?«

Er rollte die Zigarette langsam von einer Mundecke in die andere; dort blieb sie dann, als sei sie nicht mehr erwünscht.

»Wer ist da? Ist da noch jemand?«

»Niemand, Signore. Nur wir.«

Er versuchte schwach, dankbar zu lächeln.

»Eis. Bring mir Eis. Zum Kauen. Aber schnell«, sagte er weinerlich.

»Es gibt kein Eis. Nicht hier«, antwortete ich.

»Nein?« Es schüttelte ihn kaum merklich. »Und warum nicht? Was ist hier los. Hier? Was heißt das, hier?«

Ich begann zu reden, versuchte, so kurz wie möglich zu sein, meine Stimme wurde immer leiser, als ob es sich um irgendeine weit entfernte Geschichte handelte, die man nur kurz zusammengefaßt wiedergeben konnte, etwa wie die Wirtschaftsnachrichten in einer Zeitung.

Er hatte den Nacken an die Wand gelehnt; nur für einen Augenblick blies er den Rauch kräftiger aus der Nase. Als ich mit dem Erzählen fertig war, sagte er nichts, die Zigarette brannte bis auf den letzten Zentimeter ab, ich streckte die Finger aus, er ließ sich gehorsam die Kippe wegnehmen.

»Wir müssen eine Entscheidung treffen«, sagte ich nach einer Weile.

»Wir? Wer ist da? Immer noch du?«

»Ja, Signore«, wiederholte ich nervös. »Sara und ich. Wir haben gewartet. Bis Sie aufgewacht sind. Damit Sie eine Entscheidung treffen. Es ist spät. Fast neun.«

»Neun«, echote er.

Die zwei Falten zwischen Nase und Wangen bildeten tiefe Furchen, wie mit einem Kopierstift nachgezogen. Er reichte mir die Flasche mit dem Kaffee, ich gab ihm die mit dem Whiskey in die Hand. Er hielt sie an die Wange und rollte sie hin und her, um die Kühle zu genießen, aber er führte sie nicht zum Mund, schob sie ablehnend weg, seine Rechte zitterte.

»Soll ich Sara rufen? Ihr irgendwas sagen?« begann ich erneut. Er schüttelte den Kopf, die Stirn in tiefe Falten gelegt.

»Sie ist draußen. Sie weint. Sie ist ganz fertig. Wäre es nicht besser, wenn wir jetzt...«, fuhr ich fort.

Er streckte die Hand aus, ich fühlte seinen Griff an meinem Arm, eher lästig als stark.

»Gib ihr irgendwas zu tun. Oder schick sie weg. Wenn sie nicht geht, sollte sie immer was zu tun haben. Sie soll nicht nachdenken. Und sie soll nicht in meiner Nähe sein«, flüsterte er abgehackt, besorgt.

»Aber wir, Signore...«

»Sie soll nicht hierbleiben. Ich will es nicht«, fuhr er fort und versuchte verzweifelt, den Schleim in seinem Hals loszuwerden. »Ich muß hier weg. Ich muß mich erschießen, sterben. Verstehst du? Heute nacht hab' ich es nicht geschafft, verdammt. Aber jetzt. Jetzt schon. Du bist mein Freund. Du wirst immer mein Freund sein, oder? Hilf mir.«

Seine Finger fuhren fort, krampfhaft meinen Arm vom Handgelenk bis zum Ellenbogen zu kneten.

»Aber ich, Signore...«

»Still. Bitte. Still. Kein Wort. Ich will mich nicht schämen. Schämen: nein, nicht auch noch das«, schloß er, röchelnd lauerte der Husten hinter jedem Wort. »Ich bin kein Löwe. Ich glaubte, einer zu sein, aber es ist nicht so. Ich bin es nicht. Armer Vincenzino, dich hab' ich ganz schön in die Patsche gebracht...«

Später gelang es mir, ihn zu überreden; ich gab ihm den Bambusstock in die Hand, half ihm, aufzustehen und wenigstens ein paar Schritte in der frischen Luft zu machen.

Ich fühlte ihn an meiner Seite, leicht zitternd, eine Marionette aus Seidenpapier, zum erstenmal zögernd und unsicher beim Gehen, der Stock hatte darauf verzichtet, die Umgebung zu erforschen.

Als er die Treppe hinunterging, schrak er zusammen.

Nicht die Sonne, nicht das Licht schienen ihn erschreckt zu haben, sondern der üble Geruch, das Vorbeihuschen irgendeines Tieres.

»Nein«, stieß er mühsam hervor.

Aber er sank mir in die Arme, verlor das Gleichgewicht. Ich schleppte ihn zum Schatten eines Baumes, hinter dem Haus kam sofort Sara hervor. Sie biß sich in die Handknöchel, die Augen ängstlich aufgerissen, aufmerksam jeder unserer Bewegungen folgend, wie er langsam und zerbrechlich die Beine beugte, sich ins Gras setzte, aber auch jetzt ohne das geringste Interesse, die Baumrinde in seinem Rücken, den rauhen Boden ringsum zu ertasten.

Mit Hilfe von Gesten versuchte ich zu erklären, indem ich die Arme ausbreitete, die Finger bewegte. Aber Sara sah mich nicht einmal an. Bewegungslos stand sie da, ihr Blick war nur von ihm angezogen.

Als sie schließlich doch zu mir herüberschaute, machte sie eine trostlose, sinnlose Geste und hockte sich dann auf die Fersen nieder; sie fand nicht mehr den Mut, näherzukommen. Lange Minuten verstrichen, mein Blick war fasziniert auf den dahinrasenden Sekundenzeiger der Uhr gerichtet. Eine einzelne Grille hoch über uns zerriß plötzlich die Stille.

Er atmete mühsam, jeder Atemzug war rauh wie knirschendes Glas.

»Keine Entschuldigung.« Er schauderte.

Ich mußte ihn festhalten, sonst wäre er vom Baum weggerutscht, er fand seine Haltung wieder, aber ohne bewußt seine Muskeln einzusetzen.

»Geht es Ihnen besser, Signore?« fragte ich halblaut.

»Ach, du. Sag mir, daß ich nicht da bin. Verschwinde: Laß mich fühlen, daß ich nicht da bin«, stieß er zwischen den Zähnen hervor.

Ich sah, wie Sara aufstand, wie sie vorsichtig und leise auf Zehenspitzen zu unserem Baum herüberkam, den Finger auf den Mund gelegt, ihre Bedenken schienen überwunden.

Sie setzte sich neben ihn.

Es berührte mich beinahe schmerzlich, mit welcher Sanftheit sie ihn dazu brachte, die Schulter lockerzulassen, den Rücken zu entspannen. Bis schließlich sein Kopf in ihrem Schoß lag. Seine Rechte hatte sich einen Augenblick abwehrend ausgestreckt, war dann aber kraftlos wieder herabgesunken.

»Nein«, stöhnte er, »nein.«

»Still«, beruhigte ihn Sara mit einem leichten Singsang in der Stimme. »Still. Nicht mehr denken. Einfach nicht mehr denken.«

Sie brachte mit kleinen, erschreckten Gesten sein Haar in Ordnung, berührte seine Stirn wie die eines kranken Kindes, um schließlich, sehr bleich, seinen Kopf in die Arme zu nehmen. Ich rückte im Gras beiseite, um ihnen nicht so nah zu sein.

»Nein«, stöhnte er wieder. »Nein, nicht.«

»Still«, flüsterte sie, den Blick in die Ferne gerichtet. »Sei ruhig. Warum leiden. Es ist vorbei. Es ist jetzt vorbei.« Und sie wiegte ihn sanft.

»Das Leben geht. Fühlst du es? Es geht.« Seine abgerissenen Worte mischten sich schwach in Saras beruhigendes Murmeln. »Es tut weh. Aber es ist richtig so. Es ist richtig... Ich bin ein Feigling, ein...«

»Still«, unterbrach sie ihn leise. »Jetzt darfst du nicht denken. Das darfst du jetzt nicht.«

»Ich hab' Angst gehabt...«

»Wir haben alle Angst, alle. Sei ruhig. Ruh dich aus, mein Engel«, fuhr Sara fort, einen Augenblick lang irrten ihre dunklen Augen zu mir herüber, gingen sofort über mich hinweg wie über ein ärgerliches Hindernis.

Ich war jetzt nicht mehr gerührt, nur noch entsetzt, hilflos. Ich ging zur Treppe vor dem Haus zurück. Die Sonne brannte bereits unbarmherzig.

Sie bildeten zusammen einen einzigen weißen Fleck, vom Schatten des Baumes zart gestreift. Und ich außerhalb, weggeschoben, armselig gestrandet.

Kurz danach ging ich hinein, um meine Uniform anzuziehen.

13

Ich setzte mich im Bad auf den Rand der Badewanne, das Wasser war versiegt, nur noch ein dünnes, nicht einmal mehr frisches Rinnsal floß armselig durch meine Finger.

Militärhose und -hemd hingen an mir herunter wie die Fetzen eines Landstreichers. Meine Krawatte hatte ich nicht wiedergefunden, auch nicht den Gürtel. Und es kam mir vor, als würde ich einen säuerlichen, toten Geruch nach schlechtem Soldatenfraß ausströmen.

Na gut, soll es ruhig so sein, ich will nichts mehr erhoffen, nichts mehr versuchen, ich tu' keinen Schritt mehr, ich denk' einfach nicht mehr dran.

Ich spülte mir den Mund mit einem Schluck Whiskey aus, fing an, mich träge in dem winzigen Spiegel über dem Waschbecken zu mustern. Der Anflug von Bart ließ mich noch schlimmer aussehen, die Haut der Wangen war fettig, grau. Beschämt begann ich, mich zu waschen, indem ich den dünnen Wasserstrahl in der hohlen Hand auffing, immer wieder ein kleines bißchen, die Augen schmerzten beim geringsten Druck auf die Lider, die erfrischende Wirkung der wenigen Tropfen ging sofort verloren. Vielleicht empfand ich auch Hunger, oder vielmehr eine Art Übelkeit. Die Tüte mit dem Marzipan lag irgendwo herum, keiner wollte sie. Wie ein weit entferntes, schwaches Lämpchen sah ich wieder den festlich hergerichteten Tisch von gestern abend vor mir: Candida, Michelina, Ines, die triumphierend ein Gericht nach dem andern auftrugen, jedes einzelne wurde mit lautem Geschrei, Gelächter, den gierigen Fragen des Oberleutnants bedacht.

Ines – wer weiß, was sie gerade jetzt herumerzählte.

Sie waren immer noch da, schweigend. Sara fuhr mit

Rückkehr ins Internat

Frank kehrt zu seiner Familie zurück

Frank hält ein flammendes Plädoyer für Charlie

der Linken in ruhigen, weiten Bewegungen durch die Luft, um ein lästiges Insekt zu verjagen, er lag hingesunken da, als ob er schliefe. Und die Grille zirpte, Gras und Gestrüpp erschienen noch stachliger in dem scharfen Licht, der Himmel war von schmerzhaftem Blau. Ein doppelter weißer Streifen durchfurchte ihn rasch, ohne auszufransen, ohne Geräusch. Ein Düsenflugzeug, fast unsichtbar, sehr hoch oben.

Vorwärts, entlade dich. Öffne deine dreckigen Mäuler und spuck die hundert oder hunderttausend Megatonnen aus, die du im Bauch hast. Jag uns in die Luft, damit es endlich vorbei ist, es ist wirklich nichts mehr zu retten, Amen. Warum erst morgen, wenn es dir paßt, und nicht jetzt, nicht sofort? Aber auch dieser Verlust meiner selbst, der mich innerlich fertigmachte und mir zugleich Bestand gab, beruhte nicht auf echter Überzeugung, auf dem unbedingten Wunsch, auszulöschen und ausgelöscht zu werden, sondern war nur ein Reflex der fehlenden Vernunft, der Unfaßbarkeit des Lebens.

Es gelang mir nicht mehr, Vernunft und Leben zu entziffern, beides war verzerrt und vergiftet von dem, was geschehen war, die Reise und er und sein wütender Redefluß, die zwei Schüsse, die noch widerhallten, der blutende Oberleutnant im Sessel, und jetzt, das Allerschlimmste, das Empörendste von allem, das Bild von ihnen beiden da draußen: weiß, wie mit Wasserfarben in den freundlichen Schatten des Baumes gemalt, unerreichbar, in einen tiefen Frieden getaucht, der eine Beleidigung war, ein Hohn, auch wenn es nur ein kleiner, lächerlicher Frieden sein konnte.

Noch einmal stellte ich fest, daß es sich nicht um Angst handelte, und auch nicht um Neid, sondern um eine eisige Wand, die mich von allem Bekannten oder Möglichen trennte.

Ich spielte mit der Streichholzschachtel und betrachtete sie in der grünen Tiefe der Bäume, sie erschienen mir als ein weißer Punkt, der sich entfernte, weiter und weiter, immer undeutlicher und durchsichtiger.

Jetzt verschwinden sie, und mit ihnen auch der Baum, der Ort, die Zeit, dachte ich.

Es war elf.

Ich schloß das Fenster, faltete meinen Anzug zusammen, nachdem ich vergeblich versucht hatte, das Geheimnis des Flecks auf dem Ärmel zu erschnuppern, suchte noch einmal im Koffer, obwohl ich wußte, daß ich weder Zahnbürste noch Zahnpasta darin finden würde. Es hätte mich getröstet, wenn sie doch unerwartet in dem Durcheinander aufgetaucht wären.

»Ciccio. Komm her. Mit der Flasche«, hörte ich ihn rufen. Sie rauchten, saßen Schulter an Schulter. Wie er die Rechte nach dem Whiskey ausstreckte, erriet ich sofort, daß er ausgeruht war und sich wieder in der Hand hatte. In Saras Augen glänzte neue Leidenschaft.

»Setz dich. Warum bist du verschwunden? Oder hast du geschlafen?« fragte er.

Er hatte seine normale Stimme wiedergefunden, ein wenig belegt von der Müdigkeit und langsamer als sonst.

»Hier bin ich, Signore.«

Ich hockte mich ins Gras, die höhersteigende Sonne hatte den Schatten rings um den Baum verkürzt.

Er streckte eine Hand aus, bis er mich berührte, betastete die Schulterklappe des Militärhemds.

»Aha, die Sterne«, war sein Kommentar. »Man tritt also den Rückzug an. Sehr gut.«

Sara lenkte meine Aufmerksamkeit auf sich.

Ihr kindliches Lächeln wirkte ganz und gar überzeugt, und sie nickte mir zu, um mir zu verstehen zu geben: Die Krise ist überstanden, jetzt ist alles gut.

»Wichtig seid ihr, nicht ich. Ich bin kein Braten mehr, nur noch Rauch«, hatte er gesagt, traurig, doch ohne zu zögern. »Aber du irrst dich. Das Beste vom Braten ist ja im Rauch, im Duft«, hatte Sara versucht, ihm zu entgegnen.

Sie wühlte mit der Hand im Gras, riß einen Halm nach dem andern aus, den Kopf gebeugt, die Haare in strohigen Strähnen. Ihre Lippen waren farblos.

»Du solltest Philosophin werden, nicht Ärztin«, antwortete er ruhig.

Ein paar Mücken zuckten in der Luft hin und her, ohne den vorher abgesteckten Raum zu verlassen.

»Ich will euch nicht in Schwierigkeiten bringen, Herrgott, wenigstens das nicht«, fuhr er leise fort.

»Aber wenn Vincenzo...«, versuchte das Mädchen.

»Nichts Vincenzo«, unterbrach er sie, mit scheinbarem Gleichmut, zu dem er sich mit letzter Nervenkraft aufraffte. »Ein Schuß hinters Ohr geht nicht daneben. Wie in den Mund. Nur daß er den Mund zerschmettert und für die anderen...«

Ich hörte zu, sah ihn an, dann sie, wer weiß, warum sie mir so weit weg erschienen, und diese Worte so falsch und sinnlos. Es ist nichts geschehen, niemals; es ist nur ein Traum, in dem er seine Rolle spielt und alles mit sich fortreißt.

»Hör auf«, bat Sara.

»Ja, ich hör' auf«, willigte er ein, sein Kopf ruckte von einer Seite auf die andere. »Warum soll ich euch bitten, mich aufzuhängen, mich ins Meer zu werfen? Warum solltet ihr verurteilt werden? Ich bin zwar ein verdammter Feigling, aber so schlimm ist es doch nicht. Es gibt keine andere Wahl. Bringt mich wieder dorthin zurück. Der Fall geht seinem Ende entgegen. Und hören wir auch auf zu diskutieren. All dieses Gerede, all dieses unnötige Geschwätz.«

»Nein«, erwiderte Sara.

»Nein, und was dann?« Er lachte trocken, seine Kiefer mahlten. »Eine schöne Lösung. Wir haben jetzt oft genug nein gesagt.«

»Ich habe Durst«, seufzte Sara.

Sie stand auf, ging mit schleppenden Schritten um den Baum herum, dehnte die Arme und störte dadurch den Tanz der Mücken, die jedoch sofort wieder hysterisch ihr geometrisches Muster in die Luft malten.

»Eine Zigarette. Und dann Abfahrt«, sagte er.

Und noch bevor ich überhaupt antworten konnte, brachte er mich mit einer Geste zum Schweigen.

»Wäre es nicht besser, wenn ich zuerst nachsehen ginge? Was kostet mich das schon. Vielleicht ist inzwischen... Aber nein, nichts. Wir müssen hierbleiben«, fing Sara hinter dem Baum erneut an. Mit einer plötzlichen Bewegung drehte sie sich zu ihm hin, lehnte ihre Schläfe an seine Schulter, die Augen fest geschlossen.

»Ciccio, erklär mir mal diese Mädchen«, lächelte er schwach.

»So kann es nicht zu Ende gehen. Es kann nicht. Es muß doch einen Gott geben«, murmelte Sara.

»Hörst du, wie sie reden, Ciccio?« Er sah erbärmlich aus in seinem verrutschten Hemd; Krawatte und Kragen hingen lose, und doch war da irgend etwas in Schultern, Stirn, Kinn, das ihm noch half, Widerstand zu leisten.

»Spricht nicht von mir, als ob ich viele wäre. Als ob ich die anderen wäre. Bitte«, klagte Sara, ohne sich zu regen; ihre Schläfe lehnte an seiner Schulter wie die Schnauze eines Hundes, der gestreichelt werden will.

Sein ausgehöhltes Gesicht geriet unter diesen Angriffen aus der Fassung, ertrug sie kaum.

»Du hast schon zuviel getan. Du hast mir Zeit gegeben. Ich kann dir das nie genug danken. Aber jetzt ist es genug.« Er versuchte noch einmal, sie zu beruhigen.

»Nichts hab' ich getan. Überhaupt nichts«, seufzte Sara. »Wenn du mich nur machen lassen würdest.«

»Siehst du irgend etwas Besonderes in dem hier Anwesenden, Ciccio? Irgend etwas Nützliches, meine ich«, fing er wieder an.

»Sie sind etwas Besonderes«, zwang ich mich zu sagen.

Er lachte nervös.

»Dummkopf. Und dieses sture Weib, das sich nicht für Männer interessiert, denkt an mich.«

»Hundert hätten mir gefallen, wenn du nicht aufgetaucht wärst«, erwiderte Sara hart, rückte zur Seite.

Ich suchte nach etwas, womit ich das Gespräch unterbrechen könnte.

»Soll ich nicht vielleicht in Turin anrufen? Oder bei Ihrem Vetter in Rom«, brachte ich heraus.

Er tat so, als würde er zurückschaudern.

Er antwortete matt: »Du bist fertig.«

»Ich bitte dich«, murmelte Sara erneut mit dieser verbissenen-monotonen Stimme. »Bis vor einer Minute noch... da war alles anders. Du warst anders. Du hast geschlafen. Ich fühlte mich so glücklich. Zum erstenmal in meinem Leben. Das bilde ich mir nicht ein. Dann wachst du auf, und alles wird wieder anders. Aber wer soll es mit dir aushalten? So kann es nicht zu Ende gehen, das kann nicht sein. Früher...«

»Es hat nie ein Früher gegeben. Nie. Und hör jetzt auf mit diesen Flausen«, gab er zurück.

Die Falten gruben tiefe Furchen in seine Stirn.

»Was bist du nur für ein Mensch. Du bittest nicht um Hilfe, du bittest nicht um Verzeihung«, schrie Sara.

Ich war schon aufgestanden, um zu gehen, da kam ein barscher Befehl von unten.

»Bring sie weg. Bring sie ins Haus. Laßt mich wenigstens zwei Minuten in Frieden.«

Sara rannte weg, drehte sich dann um, sah ihn prüfend an, ging unsicher zum Haus, um an der Mauer Schutz vor der Sonne zu suchen.

Ich hatte nicht den Funken eines Gedankens mehr im Kopf, aber ich fühlte sehr wohl den Kitzel der Befriedigung, die sich seit ihrem Streit bemerkbar machte. Jetzt waren wir wieder, wie vorher, alle drei getrennt, jeder allein mit seinen Ängsten und Gedanken beschäftigt.

Ich sah ihn einen langen Schluck aus der Flasche nehmen, und schließlich den Baumstamm, das Gras ringsumher abtasten. Sein Kopf war wie ein unruhiger Pendel.

Ich kletterte zwischen den Bäumen hinauf, der Boden knisterte vor Trockenheit. Oben angekommen, sah ich andere Häuser verstreut in der Gegend liegen, bescheidene Dächer und Terrassen, noch mehr Gärten und ganz hinten einen Buckel aus ausgebessertem Asphalt, der in der Sonne glänzte. Ein Lastwagen fuhr darüber, dann tauchten die bunten Trikots von drei Radfahrern auf. Sie schleppten sich die Steigung hinauf, die Rücken gebeugt und getupft wie Käfer.

Die Uhr zeigte fast Mittag. Ich ging wieder hinunter bis zu dem schmalen Schatten entlang der Mauer, setzte mich neben Sara; beide sahen wir aufmerksam zum Baum gegenüber, beobachteten ihn, wie er mit der Flasche hantierte.

»Sollen sie nur kommen. Alle sollen sie kommen. Hunde und Schweine. Damit es endlich vorbei ist«, hörte ich sie sagen. Sie nahm eine Zigarette von mir an, wir rauchten lange Minuten schweigend, die staubigen Schuhspitzen nebeneinander; die Hitze schien ein schwaches Zittern in die Luft zu senden, blitzende Lichtkontraste.

»Glaubst du an die Liebe?« fragte sie plötzlich und drehte sich nach der anderen Seite. Es klang, als hätte sie ein Kratzen im Hals.

Ich blieb verkrampft. »Ich weiß nicht. Und du?«

»An meine. Nur an meine. An meine ja. Der Rest – die ganze Welt und dieses Leben – ist nichts. Sag du mir, was wirklich existiert. Nenn mir eine einzige Sache, die irgendeinen Wert hat.«

»Sara«, jammerte ich.

»Alles soll versinken.« Sie stieß den Rauch aus.

»Wir reden hier vom Leben, von der Liebe, er dort drüben trinkt, und der Oberleutnant…«

Aber meine Stimme kam mir selbst verlogen vor, auch wenn mir Vincenzos Bild einen Moment vor Augen schwebte, leicht, aufgedunsen, luftig, wie ein Hampelmann aus buntem Gummi.

»Hör endlich mit deinem Oberleutnant auf. Wer ist er denn? Dein Bruder? Vorgestern hast du ihn noch nicht einmal gekannt«, erwiderte sie rauh. »Alles nur, weil zwei Schüsse fielen. Das ist alles, wofür du dich interessierst.«

»Das ist nicht wahr. Du hast kein Mitgefühl. Für dich zählt nur er, egal, was er tut…«

»Genau. So ist es.«

»Wenn er sich nur nicht noch einmal betrinkt.« Ich zeigte mit dem Finger zum Baum hinüber.

»Er wird sich betrinken. Was soll er auch sonst tun«, antwortete sie langsam. »Oder vielleicht auch nicht, das bißchen Whiskey kann ihm gar nicht reichen.«

»Glaubst du wirklich, er möchte sterben?«

»Vorher ja. Jetzt nicht. Nicht mehr«, sagte sie willenlos.

»Jetzt ist er bereits ein anderer. Wie viele Mücken es hier gibt. Und dieser Durst. Ob das Wasser wiedergekommen ist?«

Ein Hund bellte, weit weg, jenseits der Bäume.

»Wer weiß, ob was in den Zeitungen steht. Denkst du daran?«

»Gerade an die Zeitungen möchte ich denken, bestimmt«, höhnte sie, wenn auch niedergeschlagen.

»Aber schließlich passiert es nicht alle Tage, daß ein Blinder…«

»Sag nicht Blinder. Sag nicht Invalide. Das möchte ich nie von dir hören«, schnitt sie mir heftig das Wort ab.

»Du machst die Augen zu und hoffst, daß sich die Dinge verändern. Genau das tust du. Sehr schlau.«

Sie schüttelte verneinend den Kopf.

»Du wirst es nie begreifen. Und wenn du hundert Jahre alt würdest. Nicht einmal, wenn sie dir das Hirn aufbohren würden«, antwortete sie ruhig. »Es ist nicht deine Schuld. Es ist niemandes Schuld.«

Ihre Schuhspitzen rückten wütend auseinander und wieder zusammen. Sie drückte die Kippe im Staub aus, ließ die Finger umeinander kreisen.

»Und wenn ihr alle auch etwas verstehen würdet, wäre mir das ziemlich egal«, fügte sie hinzu. »Es ist wirklich ein Trost, dein Verständnis, euer Verständnis, genau das, was man sich wünscht, was man sich erträumt.«

»Gut, gut. Ich verstehe nichts. Du verstehst alles. Ihr beide wißt alles. Du und der andere da. Aber jetzt reicht's. Besser, wir fahren zurück. Was tun wir hier? Worauf hoffst du noch?« sagte ich ungeduldig.

»Ich hoffe, ich hoffe nicht, was geht es dich an?« gab sie verbittert zurück. »Glaubst du, du kannst mir was beibringen? Von dir brauch' ich nichts zu lernen, überhaupt gar nichts.«

»Bravo!« Ich drehte mich um, um ihr ins Gesicht zu lachen.

»Jetzt geh' ich. Hätt' ich das nur schon früher gemacht. Und ihr zwei, die ihr so schlau seid, seht, wie ihr zurechtkommt.«

Sie hatte keine Kraft mehr, um zu reagieren, der Zorn, der ihr ins Gesicht gestiegen war, verschwand hinter einer matten Grimasse.

Ihre Schuhspitzen klopften nervös auf den Boden.

»Um so besser. Genau. Ob du bleibst oder nicht, ändert das denn irgend etwas?« antwortete sie mit dünner Stimme. »Wenn du wenigstens gehen kannst, dann tu's auch. Ich werd' deshalb nicht schlecht von dir denken. Ich schwör's.«

»Sara, aber warum…«, jammerte ich.

Sie senkte den Blick, biß sich auf die Lippen, um nicht zu weinen.

Ich nahm ihre Hand, fühlte ihre kalten, harten Finger in meinen.

Sie ließ es schweigend zu.

Ich ließ die Hand los, um sie zu streicheln, mit den Fingerspitzen ganz leicht über ihre Wange, den Halsansatz zu fahren. Sie fühlte sich glatt und warm an.

Sie wandte sich langsam ab, ich fühlte mich wehrlos.

»Ich kann hinuntergehen und etwas Kaltes besorgen. Einen Orangensaft, willst du? Ich tu's gern.«

Sie zuckte die Schultern.

»Ich bin bestimmt nicht besonders schön. Bestimmt nicht«, murmelte sie. »Aber ich bin jung. Irgend jemandem werd' ich schon gefallen. Was hab' ich je von ihm verlangt? Daß er mich heiraten soll? Nein. Wirklich nicht. Bei ihm sein, das ist alles. Heirat und Kinder und Ansehen und all den anderen Quatsch, das hab' ich nie im Sinn gehabt.«

Ich wußte nicht, wohin mit den Händen. Ich steckte sie in die Tasche, lehnte mich gegen die Mauer.

»Wie kann ein Mann nein sagen, immer nur nein«, fügte sie hinzu.

»Er ist kein Mann. Er ist nicht wie die andern«, antwortete ich resigniert.

»Nur ein Wort, und er hätte mich. Ein einziges.«

Sie hatte es ohne Verlegenheit gesagt, mit angezogenem Kinn.

»Was meinst du? Ist es meine Schuld, mach' ich es nicht richtig? Du hast ihn ja gehört: Stur nennt er mich. Hat er recht? Ich versteh' nichts mehr. In meinem Hirn hämmert es...«

»Er hat Angst.« Es blieb mir nichts anderes übrig, als es ihr zu sagen. »Vielleicht hat er sogar daran gedacht und schämt sich, dich auszunutzen. Und jetzt ist er auf dem Nullpunkt. Noch unter dem Nullpunkt, nach allem, was geschehen ist, und er weiß das sehr gut.«

»Alle Augenblicke sagst du: Jetzt. Immer dieses Jetzt

kommt aus deinem Mund«, sagte sie langsam, die Arme um die Knie geschlungen, die bleiche Haut durchsichtig wie eine Eierschale. »Und doch kann sich für mich, für ihn nichts ändern. Und wenn der Zorn Gottes über uns hereinbräche. Nichts wird sich ändern. Ich sage: niemals.«

Ich versuchte das Thema zu beenden: »Wir sollten ihm die Flasche wegnehmen. Sieh ihn dir nur an.«

»Ich seh' ihn an, ich seh' ihn an, was soll ich schon sehn«, fuhr sie mit derselben, leisen Stimme fort. »Laß ihn doch. Soll er trinken, soll er schimpfen. Was er will, Hauptsache, er fühlt sich lebendig.«

»Du redest nur noch dummes Zeug. Du willst gar nicht mehr vernünftig sein.«

»Wozu soll das gut sein, vernünftig zu sein?« Sie lachte auf. »Und lebt man etwa, indem man vernünftig ist? Sieh dich doch mal um.«

»Du solltest dich mal umsehen. Du bist nicht gerecht.«

Sie nickte traurig: »Ich bin nicht gerecht. Und warum sollte ich? Und was geht mich deine Gerechtigkeit an?«

»Sara...«

»Misch dich nicht ein.«

Keiner hatte die Stimme erhoben, die Worte zischten hervor, verbargen sich sofort wieder, bekümmert über sich selbst.

»Sara, du kannst doch nicht so stur sein. Du bist intelligent und...«

»Ich will nichts hören. Weder von Gerechtigkeit noch von Intelligenz noch von tausend anderen Dingen«, murmelte sie.

Ich fuhr auf: »Also jetzt reicht's. Ich geh' hinunter. Ich rufe an. Bei dir zu Hause. Du glaubst mir nicht? Du wirst schon sehen. Es ist verrückt, stundenlang hierzubleiben und herumzureden. Du hast den Kopf verloren.«

Sie hob die Schultern, warf den Kopf in den Nacken, als ob sie in Gelächter ausbrechen wollte.

»Du glaubst wohl, du hast Amerika entdeckt. Großartig«, antwortete sie verträumt, aber auch ironisch, und mit einem gewissen Einverständnis, das bestimmt nicht von ihrer Müdigkeit herrührte und auch nicht vom Bewußtsein der Gefahr; es war irgendwie geheimer, älter. »Und es ist ja wohl verständlich, daß ich den Kopf verloren habe. Einen hatte ich, und der gehört ihm. Aber du bist nett, und du bist auch ein Mann: Was denkst du? Er kann doch nicht nein sagen bis zum Jüngsten Gericht. Oder? Er muß doch begreifen, muß doch Mitleid haben. Weil ihn seine Natur als Mann dazu zwingt. Antworte mir. Denn wenn es so ist, dann soll diese Agonie von mir aus hundert Jahre dauern.«

14

In der flüssigen Luft, die sich zusammenzog und dann ausdehnte zu Streifen und Fäden, welche sich vor den Augen ineinander verflochten, begann ein dunkler Punkt zu schweben. Er eilte, glitt wie über eine geneigte Ebene, bis er ein konkretes Aussehen annahm: das spitze Gesicht, die Haare des Soldaten Micciché.

Vorsichtig trat er ein paar Zentimeter hinter der blendenden Silhouette des Autos hervor, in die Sonne zwischen dem Gras. Er blickte sich suchend um, gierig das Haus und seine Umgebung abschätzend.

Er blinzelte mir aufmunternd zu.

Ich ging zu ihm hinüber, und er wich zurück, mahnte mit tausend Gesten, vorsichtig, leise zu sein.

Hinter der Wegbiegung wartete er auf mich, den Blick voller Mißtrauen. »Und die Signorina?« flüsterte er.

»Sara? Sie ist drin. Im Haus. Es gibt fast kein Wasser mehr. Sie versucht, ein bißchen davon aufzufangen.«

Dumpf starrte ich auf seine verblichene Uniform, die bis über die Ellenbogen hochgerollten Hemdsärmel, die ausgebeulten Taschen.

»Seid ihr die ganze Zeit hier gewesen? Was für ein Unterfangen. Und nichts zu essen, naja.« Er lächelte. »Aber immerhin geht es euch gut. Euch allen.«

Er hatte große, vom Rauchen dunkle Zähne.

Wir standen einander gegenüber, mitten in der Sonne, die Gesichter im Licht zusammengekniffen, er seitlich von mir und vertrocknet wie eine Eidechse. All meine Fragen verflogen sofort angesichts der unvorhersehbaren Ruhe, die seine Anwesenheit ausstrahlte.

»Eine Zigarette. Oder hast du keine?« fragte er zerstreut, ruhig.

Ich atmete auf.

Jetzt wird er alles sagen, alles erklären, alles wird irgendwie zu seiner Ordnung zurückkehren, wie auch immer, damit wir aus diesem Fegefeuer herauskommen.

Statt dessen dauerte es lange, bis er das erste Wort herausbrachte.

Er setzte sich an den Wegrand, nachdem er das staubige Gras genau untersucht hatte, die kalte Zigarette noch im Mund, sein Lächeln war schlau, ruhelos.

»Ihre Mutter«, entschloß er sich endlich, bedeutsam lächelnd.

»Die Schreie. Die Verzweiflung. Eine Mutter, man kennt das ja. Versuch, es dir vorzustellen.«

Langsam, detailliert und mit wohldosierten Pausen begann er seinen Bericht.

Gerade Saras Mutter hatte an das Haus gedacht, während Ines, Michelina, Candida den Zug, die Autobahn, sogar das Schiff in Erwägung gezogen hatten. Candida hatte sich eine Ohrfeige eingefangen, weil sie zuviel redete, zuviel Wind machte.

Von der Frau gedrängt, war Micciché dann mit dem Moped losgefahren, hatte Zeit verloren, weil diese Feldwege alle gleich aussahen. Der Oberleutnant war nicht tot, ach was, die Kugel mußte von einem Knochen abgelenkt worden sein, jetzt war er im Krankenhaus. Er war außer Lebensgefahr.

»Ich bin sicher, in ein paar Tagen ist er wieder zu Hause. Der mit seiner Ochsennatur. Der könnte selbst jetzt noch Blut spenden. Hat er auf sich geschossen? Ist auf ihn geschossen worden? Oder war es vielleicht sogar ein Versehen? Nur der Herrgott weiß es. Denn er hat weder zu Hause noch danach im Krankenhaus einen Ton gesagt. Und ich glaube, er wird nie etwas dazu sagen.«

Ein Kitzel lief mir über die Magenwände, wie ein großes Gelächter, das nicht ausbrechen kann.

Im ganzen Haus hatte niemand den Schuß – oder die

Schüsse – gehört. Saras Mutter hatte die Sache als erste entdeckt, wahrscheinlich durch Zufall, weil ihre weibliche Fürsorge sie zu den beiden Männern trieb, die ihre Freunde und Kunden, und ganz allein zu Hause waren, ohne Dienstmädchen. Zum Glück fand sie die Tür offen. Ein Apotheker vom Nachtdienst leistete Erste Hilfe, um die Blutung zu stillen. Ein guter Freund. So hatte der Morgen angefangen, ein einziges angstvolles Hin und Her...

»Ich kam erst später, weil ich in der Kaserne zu tun hatte. Zum Glück in Uniform. Eine Uniform schützt. Du hast recht gehabt, deine auch wieder anzuziehen...«

Und auf dem Kommissariat machten sie sich sicher Sorgen wegen des Verschwindens des Turnier Hauptmanns. Vielleicht hätte dieser Hauptmann, obwohl auch er blind ist, einiges aufklären können, den Anfall von Wahnsinn seines Freundes oder andere Motive, die mit dem Familienfest zu tun haben könnten. Aber eigentlich zweifelte niemand an diesem Wahnsinn. Bei den Schwerinvaliden sind es gerade die Wohlhabenden ohne drängende Überlebenssorgen, die am meisten leiden, die oft so verwirrt sind, daß sie sich oder anderen etwas antun...

»Auch wenn es Ausnahmen gibt. Einer zum Beispiel wohnt in meinem Viertel, auch er ist blind, aber munter wie eine Grille, du müßtest ihn einmal essen, trinken, Dame spielen sehen...« Jedenfalls hatte der Kommissar selbst, nachdem er zwei aufdringliche Skandalblattreporter mit bösen Worten weggejagt hatte, das Verschwinden des Gastes überaus verständnisvoll als ganz natürlich interpretiert, bestimmt durch die Aufregung, die Verzweiflung, die Unfähigkeit, Hilfe zu leisten...

Ein sehr netter Mensch, dieser Kommissar. Aber paß auf, wenn du mit ihm redest. Denn er sagt immer ja, aber dann mußt du die Dinge tausendmal wiederholen. So kultiviert er auch ist, er ist sturer als ein Panzerwagen...«

Auch ich sei sicher Opfer derselben Verzweiflung gewesen, ich armer, verwirrter, hirnloser Soldat, der sich jetzt wer weiß wo befand, mit seinem blinden Hauptmann am Arm. Man betrachtete uns als vermißt, vermutete uns aber noch in der Stadt, der Himmel würde uns schon beistehen, daß wir wieder zu Sinnen kämen, und dann würden wir sicher zurückkommen. Oder irgendein Polizist würde uns wiedererkennen, nur eine Frage von Stunden...

»Einen Polizisten, aber nur so einen uniformierten, haben sie im Haus zurückgelassen. Noch etwas: Wer hat wohl den Revolver aufgesammelt? Willst du es wissen? Die Hausmeisterin. Eine arme Alte, nicht einmal der Kommissar brachte es übers Herz, sie deswegen auszuschimpfen. Und auch das ist ein Fingerzeig Gottes, wenn du verstehst, was ich meine.«

Tatsächlich war nie über Schuld gesprochen worden, es gab keinen Verdacht, keine Anklage, nur den Schatten des Schicksals, die ungerechte, boshafte Launenhaftigkeit des Lebens, die alle mit sich reißt, die keinen Menschen auf dieser Erde in Frieden lassen will...

»Hast du verstanden? Bei den Herren zieht sich sogar das Unglück weiße Handschuhe an. So ist das.« Er musterte mich mit halbgeschlossenen Augen.

»Und Sara?« fragte ich.

Er breitete resigniert die Arme aus, bevor er antwortete.

»Darüber wurde fast gar nicht geredet. Die Mutter hat sofort erklärt, die Signorina läge im Bett, es gehe ihr nicht gut, sie hätte zuviel Eisgekühltes getrunken. Sicher, morgen wird sie schon erscheinen müssen. Dieser Kommissar, der Mann, den ich dir beschrieben habe, er nennt einen sogar Signore, aber er stellt Fragen, er telefoniert. Und wer weiß, was er noch im Schilde führt? Sie sollte sich blicken lassen, die Signorina. Morgen. Vielleicht besser noch heute abend.«

Eine elektrische Ladung sah ich in der Luft, und dieses Kribbeln im Magen juckte unaufhörlich.

»So ist es«, wiederholte der Soldat und sah mich von unten prüfend an. »Du lachst? Na, du bist gut.«

Aber ich konnte nicht, meine ausgetrocknete Kehle war wie zugeschnürt.

»Verrückt«, sagte er noch einmal zwischen zwei Seufzern, die Augen wieder zu Boden gerichtet. »Aber die ganze Welt ist so. Es ist gut, wenn man sich das vor Augen hält.«

»Ja«, sagte ich. »Ja.«

Ich hatte eine ganz lächerliche, aber konkrete Vision: Eine Art Spielzeugpiste, mit lauter winzigen, ganz unsinnig perfekten Autos, die darauf entlangrasten, immer vorwärts. Und wir waren wie sie: Irgend etwas hatte uns im luftleeren Raum gestoppt, irgend etwas brachte uns jetzt wieder in Fahrt. »Aber ist dein Urlaub noch nicht abgelaufen?« fragte er besorgt. »Fahr bloß nicht einfach so zurück. Laß dir ein Stück Papier ausstellen. Vom Bezirkskommando, von deinem Hauptmann, wenn er noch dazu in der Lage ist. Oder auch vom Kommissar. Hör auf mich. Willst du für die Fehler der andern bezahlen?«

»Nein, nein.«

Er hob wieder sein spitzes Gesicht.

»Und mit der Signorina? Ich meine, ist nichts gewesen?«

»Wie?« entfuhr es mir, weil ich zu spät begriff.

Schon hob er die Hände, zum Zeichen, daß er sich ergab.

»Warum siehst du mich so böse an?« gab er zufrieden zurück.

»Ich mein' doch nur. Was wäre schon dabei? An einem solchen Ort, all der Kummer, die Nacht, das Durcheinander. Ein Mann ist immer ein Mann. Solche Dinge passieren eben. Aber sie hat nur den andern Verrückten im Kopf, stimmt's? Das hab' ich ganz vergessen.«

»Sie ist ein anständiges Mädchen«, wies ich ihn dumm zurecht.

»Natürlich. Wer wollte das abstreiten.« Er ging sofort darauf ein. »Aber auch anständige Mädchen können einem gefallen, genau wie andere. Und vielleicht sogar noch viel mehr.«

Ich sah zur Wegbiegung, sicher, Sara dort stehen zu sehen. Aber vielleicht war sie eingeschlafen oder wieder zu ihm unter den Baum gegangen.

»Warst du dabei?« fragte Micciché, indem er seine Stimme so gleichgültig wie möglich klingen ließ.

»Wir haben es gehört. Vom Hof aus.«

»Nichts gesehen? Überhaupt nichts?«

»Nur gehört. Dann...«

Sofort unterbrach er mich.

»Ich will nichts wissen«, sagte er freimütig. »Je weniger ich weiß, um so besser. Aber auf dem Kommissariat wirst du etwas erzählen müssen. Es ist immer dasselbe, wie eine Schallplatte, die hängengeblieben ist. Denk rechtzeitig darüber nach. Du kannst sagen, du hättest geschlafen. Oder du hättest zuviel getrunken. Warte, getrunken nicht, für diese Leute verschlimmert Trunkenheit immer den Tatbestand.«

Ich deutete nach hinten.

»Ich muß mit ihm darüber reden.«

Er schüttelte sich gereizt.

»Na wunderbar. Da hast du wirklich den Richtigen gefunden. Zuerst würgt er dich, dann fragt er dich, ob's dir gutgeht, zuerst redet er dich in Grund und Boden, dann fragt er dich, ob's dir gefallen hat, ob du's bequem hast.«

»Du kennst ihn nicht.«

»Und ich will ihn auch nicht kennenlernen. Aber er ist ein Herr, und in die Hölle kommt er nach dir.«

Er lachte breit.

Ich lachte ebenfalls. »Bist du Kommunist?«

Er tippte mir mit dem Finger an die Brust: »Es gibt Situationen, da kann ich auch wie ein Kommunist reden.

Aber in die Politik misch' ich mich nicht ein. Ich hab' meine eigenen Sorgen. Und du, was bist du?«

»Nichts«, sagte ich. »Ich glaub' nicht an diese Dinge. Hab' nie dran geglaubt.«

Er nickte ernst.

»Du hast recht«, antwortete er. »Jeder Kopf muß seine eigenen Probleme lösen. Der kleine Fisch schwimmt schnell, viele kleine Fische zusammen locken die Netze an.«

»Aber ich beneide sie, die andern. Vereint halten sie zusammen, oder zumindest sieht es so aus.«

»So sieht es aus. Genau. Alles nur Schein.« Er rieb sich heftig die Nase. »Maultiere sind gern zu vielen, reinrassige Pferde nicht. Auch wenn diese Welt mehr für Maultiere gemacht ist. Alle schreien das gleiche. Hast du verstanden, was ich meine? Denn ich möchte gern dein Freund sein. Woanders einen Freund zu haben, kann im Leben immer nützlich sein.«

»Archivar, hast du mir vorgestern gesagt. Was hast du gelernt? Oder studierst du noch?«

Sein Gesicht verdüsterte sich, sah traurig aus.

»Ich bin schon fertig. Aber es war ein Armeleutestudium. Und Archivar auch, ja, aber erst demnächst. Ich hab' einen Onkel mütterlicherseits, beim Gemeindearchiv. Er verhilft mir zu einem Posten, wenn ich mit dem Militär fertig bin. Toll, was? Aber zuerst mal den Posten, und dann sehen wir weiter. Aber was reden wir denn hier herum? Es ist heiß, die Sonne sticht, wir haben nichts gegessen, und du mußt an diesen Kommissar denken. Aalglatt mußt du sein. Und der Hauptmann? Ist er im Haus?«

»Nein. Da hinten. Wahrscheinlich trinkt er.«

»Du bist auf ihn reingefallen«, ermahnte er mich traurig. »Du hast ihn ernst genommen. Ich, kaum hab' ich ihn gesehen, hab' ich bei mir gedacht: ein Hampelmann. Ein rappeldürrer Hampelmann, der einen Stock verschluckt hat, um aufrecht zu stehen und...«

Er unterbrach sich, mit dem Daumen zeigte er den Weg hinunter.

Ich sah Sara im Gegenlicht.

Sie kam zu uns her; es gelang ihr, den Schritt nicht zu beschleunigen. Sie wirkte frischer, ihre Augen waren heiter, vielleicht hatte sie die letzte halbe Stunde geschlafen. Ohne ein Wort streckte sie Micciché die Hand hin, der inzwischen aufgestanden war.

Sofort fiel der kurze Freudenschauer im Grunde meines Herzens in sich zusammen.

»Laß es dir von ihm erklären. Er weiß alles«, sagte ich und ging einen Schritt zur Seite. »Ich geh' zu ihm zurück. Ist er immer noch dort?«

»Der Oberleutnant redet nicht. Er wird nie reden. Und wenn sie ihm die Haut abziehen. Das ist das Wichtigste, was ihr wissen müßt«, knurrte er noch, ohne jemanden oder etwas anzusehen. »Und darauf könnt ihr eure ganze Komödie aufbauen.«

»Und so ist er also nicht tot, und ich scheine lebendig«, schloß er, als ich aufgehört hatte zu erzählen.

Er versuchte zu lächeln, sein Gesicht war welk, ohne Spuren seines wirklichen Alters.

Er hatte sich unter dem Baum in den Rest des halbkreisförmigen Schattens zurückgezogen, die Flasche war fast leer.

»Armer Vincenzino. Was für ein lächerliches Versagen...« Er sprach weiter, die Nägel der Rechten zerrten an den Bartstoppeln auf der Wange, auf dem Kinn.

Weit entfernt das regelmäßige Schlagen eines Hammers.

Dann versuchte er, den linken Arm zu bewegen. Der steife Handschuh baumelte lose.

»Ich verlier meine Bolzen.«

Er lachte, es klang wie ein Aufschluchzen.

»Ich fühle mich schmutzig«, beklagte er sich weiter.

»Was für ein Blödsinn. Stimmt's nicht? Und doch, wenn ich anständig gewaschen wäre, käme mir alles anders vor. Ah, unsere Bar in Rom. Erinnerst du dich? Streichholz, Ciccio. Auch das Feuerzeug funktioniert nicht mehr. Es lebe unsere schöne Autonomie.«

Er zündete die Zigarette an, indem er sie sorgsam rundum drehte.

»Der Nebel«, fuhr er halblaut fort, »erinnerst du dich an unseren Nebel? In Turin? Und den Geruch, den er hat. Der feinste Geruch der Welt. Der im November ist der beste. Ich bin nicht betrunken, Ciccio, bleib ganz ruhig. Aber leidest du nicht unter dieser trockenen Luft?«

Ich stellte mir meine Heimatstadt vor, ein fleckiges Netzwerk, wie eine alte Filmrolle, schwarzweiß und körnig und verschrammt, Nieselregen. Und stark und schleichend der Wunsch, wieder von ihr aufgesogen zu werden, mich ebenfalls auf diesem Film umhertreiben zu lassen, ohne ein eigenes Gesicht.

Ein Insekt mit durchsichtigen, purpurfarbenen Flügeln kroch über seine Jacke, ich jagte es mit einem Fingerschnippen fort. »Weißt du, was ich bin? Die Pik-Elf. Mein Vater hatte recht. Jedes Mißgeschick, oder wenn Geld in der Kasse der Apotheke fehlte, lastete er meiner Mutter an: Du hast die Pik-Elf geboren, jetzt müssen wir damit fertig werden.«

Er lächelte und stieß den Rauch aus.

»Das gibt es nicht, die Pik-Elf«, erwiderte ich.

»Eben. Eine Karte, die es nicht gibt. Sie ist zu nichts gut«, stimmte er zu; die Zigarette folgte den Bewegungen der Lippen, der Hals war steif von der Willensanstrengung.

Und es entfuhr ihm: »Armer Vincenzino, wenn du zu mir gekommen wärst, dann wäre vielleicht jetzt...«

Ich wollte ihm nicht mehr zuhören, meine Gedanken lehnten sich gegen ihn auf.

Ich spürte Schmerzen zwischen dem Nacken und der

einen Schulter, es war die starke Müdigkeit in meinem Körper. Es erschien mir unmöglich, das je wieder in Ordnung zu bringen.

»Was werden Sie jetzt tun, Signore?«

»Signore. Herr im Himmel, wenn ich eine Schwalbe wär'«, höhnte er, wenn auch kraftlos.

Und dann: »Keine Angst, mein Freund. Heute abend fährst du zurück. Und du wirst keinen Ärger bekommen. Mein Ehrenwort. Wenn du mir noch vertraust.«

»Ich meinte nicht wegen mir.«

»Hast du Hunger?«

»Ja«, antwortete ich.

»Ja, ich auch. Unglaublich. Ich bin ein dreckiges Schwein, ein Versager, wenn ich einen Schuß abgebe, geht der auch daneben, ich bringe jeden in Schwierigkeiten, und trotzdem habe ich Hunger. Einfach, nicht?«

Er lachte erneut, befleckte sich dabei mit Asche.

»Was ich tun werde, fragst du. Mich ergeben. Und mich der Großmut des Feindes anvertrauen.«

»Das heißt?«

»Das heißt: Du wirst schon sehen. Oder vielmehr nein. Überhaupt nichts wirst du sehen.« Er lehnte sich zurück, senkte den Kopf.

Sara kam wieder, Micciché blieb mißtrauisch neben dem Auto stehen; nach einer einladenden Geste meinerseits schüttelte er den Kopf, winkte ab. Er setzte sich neben ein Rad, ohne zu uns herüberzusehen.

»Fausto, ich bin hier. Hast du gehört? Und wenn es eine Falle ist?« sagte das Mädchen.

»Sara, Sara, warum bist du nicht wie die anderen.« Er versuchte ihr zuzulächeln.

Sie wühlte mit den Händen im Gras, finster, mit gesenktem Kopf.

»Ich werde schon so werden. Nach und nach werd' auch ich so werden wie die anderen. Schön für mich, schön auch für meine Mitmenschen«, antwortete sie.

»Du sprichst schon wie eine Witwe«, versuchte er zu lachen, aber so mühsam und angestrengt, daß Sara ihn nur ansah, ohne den Mut, ihm etwas darauf zu erwidern.

»Ich könnte den Koffer ins Auto tragen«, sagte ich.

»Halt. Zuerst noch diesen Schluck. Unsere Gewohnheiten wollen wir doch nicht gleich aufgeben«, sagte er und griff nach der Flasche. »Und du, verdrück dich nicht immer.«

Saras Blick lag feindselig auf mir.

»Fausto, das ist eine Falle. Ich fühle es«, begann sie erneut.

»Ja, ja, ich hab's verstanden. Um so besser«, sagte er ungeduldig.

Micciché blickte jetzt prüfend zu uns herüber, mit den Fingern machte er fragende Gesten, drängte mich zur Eile.

»Wir müssen gehen«, entschied er.

»Wo soll ich dich hinbringen?«, fragte das Mädchen leise.

Er antwortete trocken: »Der erste Carabiniere gehört mir.«

»Fausto...«

»Amen. Kein Wort mehr.«

Sara nickte, die Hände geöffnet im Schoß, das erdige Gesicht ausdruckslos.

»Ich wollte nur sagen: Würdest du gern ein Bad nehmen, dich ein bißchen frisch machen?« sagte sie leise. »Soll ich dich zu mir nach Hause bringen? Nur für einen kurzen Augenblick...«

»Und deine Mutter?« fragte er verwundert.

»Ich pfeif' drauf. Auf alles. Sollen sie es nur versuchen, mich zu belästigen«, erwiderte sie hart. »Und denk dran, ich bring' dich hin, ich fahre dich. Und wenn ich den Mund halten soll, halte ich den Mund. Aber ich bleib' bei dir bis zuletzt.«

»Was heißt das?«

»Daß ich bei dir bleibe, bis die andern mich wegjagen, notfalls mit Gewalt. Du nicht.«

»Ich schick' dich nicht mehr weg. Ich nicht«, antwortete er matt. Und er drehte den Kopf zur Seite.

Ich sah, wie Sara ein Schauder über den Rücken lief.

»Schwör's«, flüsterte sie, die Hand, die sie schon ausgestreckt hatte, zog sich ängstlich zurück, verkrampfte sich wieder in die andere.

»Aber ja, ja. Ich schwöre. Du hast schon verstanden. Aber jetzt ist es genug«, brachte er überwältigt hervor.

15

Ich kann es nicht vergessen.

Alles war geschehen, wie wenn man umgekehrt durch ein Fernglas blickt. Ich ewig atemlos hinter Gesichtern, perspektivischen Verkürzungen, Schatten, Bruchstücken von Bildern herhastend, die sich sofort auflösten und die nur die geheimnisvollen Fähigkeiten des Traums mir hätten wiedergeben können.

Alles ging genau so zu Ende.

Aber es war kein Traum.

Heute erinnere ich mich an Saras nüchterne, überlegte Gesten. Sie säuberte ihn mit einem feuchten Taschentuch, langsam, von den Schläfen über die Mundwinkel bis hin zur rechten Hand, einen Fingernagel nach dem andern, sie brachte seinen Kragen in Ordnung, die Krawatte.

Er fügsam, unwirklich.

Und Micciché, der sagte: »Sie sollen sich beeilen. Aber wo wollen sie denn hin? In die Oper?«

Sie waren dann mit dem Wagen losgefahren, ich auf dem Rücksitz des Mopeds, festgeklammert an Micciché.

Ich könnte die damalige Müdigkeit nicht mehr beschreiben, der Körper vergißt zum Glück schnell. Aber ich erinnere mich sehr gut, daß mein dumpfes Gehirn den Wunsch hatte, sich in einen Strudel hineinzustürzen und zu rennen, zu rennen.

Wir überholten sie, fuhren neben ihnen her, ließen uns überholen, nie sah ich, daß sie ein Wort miteinander wechselten, sie aufmerksam am Steuer, er zurückgelehnt.

Eine Straße voller Kurven, die Luft fuhr mir feurig heiß unter das Hemd.

Neapel verschluckte uns beinahe sofort.

Der Abschied am Schluß war sehr kurz.

»Adieu, Ciccio«, bestürmte er mich mit geheuchelter Energie. »Nimm. Vergiß alles.«

Ich nahm meine Papiere, gab das Geld jedoch Sara zurück, die es in ihren Gürtel steckte.

»Nimm deinen Zug. Geh. Nur munter zu«, fügte er hinzu, »ich halt' dir den Rücken frei. Wenn es Zeit ist, ist es Zeit: Ich liefere mich aus. So lehren es auch die Handbücher für den Schützengraben. Und merk dir: Ich werde die Wahrheit sagen. Und wenn du mußt, sag auch die deine.«

Das war kein Gesicht mehr, sondern nur noch ein dürres Blatt.

»Verabschiede dich von unserm Freund«, drängte er Sara.

Wir standen an einer Ecke, das Stückchen Meer dahinter schien sehr nah.

Sara sagte nichts. Sie drückte mir die Hand. Einen Augenblick später verschwanden sie Arm in Arm.

Ich erinnere mich auch an Micciché; er war ebenfalls schweigsam.

Er fuhr durch kleine Straßen und Gassen, bis zu einer Pizzeria, die ihm zusagte, er wollte unbedingt mit dem bißchen Kleingeld, das er hatte, bezahlen. Einen Zug um 15.30 Uhr konnten wir in Erfahrung bringen.

»Kann ich dir schreiben? Gibst du mir deine Adresse?« Ich höre seine Stimme wieder. »Was hast du beim Oberleutnant liegengelassen? Rasierapparat? Einen Anzug? Ich erledige das schon. Du fährst jetzt, du mußt fahren. Ich mach' das schon. Ich schick' es dir. Vertrau mir.«

Er brachte mich zum Bahnhof, folgte mir dann zum Fahrkartenschalter, zum Warteraum. Ich spendierte ihm einen Kaffee an der Bar, kein Wort fiel mehr inmitten all des Lärms, seine Augen waren melancholisch, wie am Ende eines Festes.

»Schade. Mir tut es richtig leid. Aber du kannst nicht hierbleiben. Für diesmal ist es so«, sagte er nur.

Die Kellner hinter der Bar behinderten sich gegenseitig im Eifer des Bedienens, des Abräumens.

Trotz des Kaffees hatte ich ein Gefühl, als hätte ich den Mund voller Sand.

Und wenn es mir auch damals vorkam, als ob ich ein lausiger Verräter sei, so kann ich mir auch heute noch nicht diese gewaltsame, so absurd übereilte Flucht verzeihen.

Sie standen mir noch vor Augen, Sara und er, ihre letzten Schritte, bevor sie um die Ecke bogen, schnell und überhaupt nicht resigniert.

»Ich schreibe dir. Ich schick' dir alles. Denk nicht mehr dran«, fuhr er fort. Micciché, an die Theke gelehnt.

In Wirklichkeit wußten wir nicht, was wir uns sagen sollten. Plötzlich wurde der Bahnhofsvorplatz von einer langen Reihe junger Leute mit Schrifttafeln und Fahnen überquert. Hinter den Scheiben sahen wir sie vorbeiziehen, wie einen dicken, gesprenkelten Fisch mit aufgeblähtem, zuckendem Kopf und dünnem Schwanz, der hier und da zögerte.

Micciché war es, der dann sagte: »Schön. Verrückt. Könntest du dir die Signorina Sara vorstellen, wie sie all denen da vorangeht? Ich schon. Sie hat einen Fehler gemacht.«

Fahnen und Schrifttafeln lösten sich zuerst im Licht auf, verschwanden in rhythmischen Wellenbewegungen.

Der Zug war leer, heiß wie ein Backofen, Micciché lief durch den Korridor, ließ ein Fenster nach dem andern herunter.

»Wirst du hier drin ein bißchen schlafen können?« meinte er, bevor er ausstieg, und betrachtete mißtrauisch die kunstledernen Sitze.

»Ein bißchen Schlaf ist die beste Medizin.«

Ich sah ihn am Ende des Bahnsteigs immer kleiner werden.

Rasierapparat und Anzug sind nach einer Woche in der Kaserne angekommen, als ich meine Sicht der Ereignisse bereits einem Feldwebel der Carabinieri dargelegt hatte, der gekommen war, um mich zu verhören.

Es war lästig und leicht.

Nichts stand je in den Zeitungen, und ich glaube, es wird nicht einmal einen Prozeß geben. Fast zwei Monate sind vergangen, die letzten Abende ist Turin heiter, atmet süßen Blütenduft, und ich habe immer noch keine Antwort auf mein Warum gefunden.

War der Hauptmann ehrlich, als er sich Sara ergab?

Oder täuschte er sie, um sich das letzte Stück Weg zu ebnen? Und der Oberleutnant – ob er gesprochen hatte?

Ich könnte bei Fausto G. anrufen, irgend jemand würde schon antworten, so könnte ich etwas in Erfahrung bringen.

Aber ein Spiel wie dieses geht nicht zu Ende, indem man ein schwaches Ja oder ein schwaches Nein auf dem Schachbrett hin- und herschiebt.

Erst jetzt begreife ich, wenn ein junges Geschöpf wie Sara gewonnen hat, muß auch ich mir nichts mehr vorwerfen, im Gegenteil: Ich habe Dinge erlangt, die mir Hoffnung machen, für morgen, für mich selbst.

Um Liebe zu bekommen und Liebe wachsen zu lassen, ist Liebe notwendig. Das hat Sara mich gelehrt, wenn auch unbewußt, mit ihrer ungezähmten Intelligenz. Und ob ich heute Ameise bin oder Grille, Hase oder Hund, ob die Welt eine biblische Strafe ist oder ein bösartige, alltägliche Falle, das hat keine Bedeutung. Vorausgesetzt, das Beispiel, das Sara mir gegeben hat, kann mir Mut machen, einen Mut, der aus mir kommt und der mir gehört, um mir mein Nest im Leben zu bauen und es mir warmzuhalten.

Auf der anderen Seite steht er, ein dunkler Schatten... Vielleicht war es nicht nur seine Behinderung, vielleicht war es gar nicht nur seine Verzweiflung, die ihn zu sterben drängte. Vielleicht nannte er Tod, was eine entscheidende Begegnung mit sich selbst war, der letzte Rechenschaftsbericht.

Denn es gibt auch den Menschen, der sich erst im Angesicht des Todes ausdrücken kann.

Aber ob er hier in der Nähe ist oder woanders und – obwohl er Gefangener einer Dunkelheit ist, die ihn dazu zwingt, ständig das Feuerzeug anzuzünden – mit dem Bambusstock die Luft peitscht, verhöhnt, beleidigt, trinkt, dann ist, mit Sara an seiner Seite, auch die schwierigste Lebensbedingung doch immer noch Leben. Seins und meins. Für jeden von uns, der das zu erkennen, zu akzeptieren, zu kultivieren vermag.

Und noch immer ist der nachfolgende weiße Raum nicht tot.

HEYNE BÜCHER
JOHN GRISHAM
DIE JURY
ROMAN
Vom Autor des Weltbestsellers »Die Firma«